꽃보다 아름다운 당신을 봅니다

꽃보다 아름다운 당신을 봅니다

고정욱 지음

여름숲

2장 그대, 기다릴 자격이 있는가

교과서 싸는 날

원추리 꽃 향기

대들보 잘라 서까래 만들려나

처음 강단에 서던 날의 설렘

그대, 기다릴 자격이 있는가

연단에서 눈 감으리

학점은 F, 인생 성적은 A학점

책이 만든 나

고향의 힘

아버지의 등

좀 더 좋은 세상으로

어머니에게 마지막으로 업힌 날

3장 열정이라는 이름의 용광로

탄탄대로는 없다

바람을 일으킵시다

뇌를 속이면 행복해져요

세계 최고의 학교를 졸업하다

작가와의 만남을 더욱 허하라!

쓸모 있는 사람

나의 친구, 톰 소여

장애인도 큰 꿈을 꿀 자유가 있다

나 자신을 사랑해 주세요

열정이라는 이름의 용광로

4장 도서관의 작은 사랑

내 손 안의 마귀

노인들의 시절이 그립다

걱정되는 시골의 환경

사주보다 국운

세차장에서

다 네 탓이야!

도서관의 작은 사랑

사랑이 우스갠가요

정직함으로 얻는 것

담장을 수리하며 깨닫다

그대 향한 나의 시선이
작은 등불이 되기를…

　　강연을 가면 저는 가끔 삶에 지친 얼굴을 한 청중분들에게 묻습
니다.

　　"여러분! 한번쯤은 통쾌하게 살고 싶습니까?"

　　"네!"

　　다들 고개를 끄덕입니다.

　　그렇다면 과연 살면서 통쾌할 때가 언제일까요?

　　바로 음지가 양지될 때입니다.

　　늘 음지인 줄 알았던 곳이 어느 날 햇빛이 가득 들면 사람들은
모두 깜짝 놀랍니다. 열악한 환경을 이겨내며 살던 꽃과 풀들은
한껏 자랑스럽게 어깨를 으쓱할 것입니다.

　　또 있습니다. 쥐구멍에 볕들 때, 굴러온 돌이 박힌 돌 빼낼 때,

모퉁이돌이 머릿돌 될 때. 그리고 시작은 미약하나 끝은 창대할 때……. 이럴 때가 모두 우리 인생에서 통쾌한 순간입니다.

저도 통쾌했던 적이 있습니다. 늘 남의 도움만 받던 제가 기부를 했을 때입니다. 제 책이 모 방송사에 선정도서가 되어 인세를 기부해 기적의 도서관이 지어졌을 때 저는 세상에서 가장 통쾌한 사람이었습니다. 또 제 책의 인세를 남들에게 나누어 주게 됐을 때 저는 통쾌했습니다.

대개 장애인은 남에게 도움을 받아야 하는 존재입니다. 그런데 저는 남을 도왔습니다. 이때 통쾌하지 않다고 어떻게 말할 수 있겠습니까. 저는 휠체어 탄 통쾌한 사나이가 되었습니다.

사람 사는 게 점점 팍팍한 시대입니다. 과거 못살던 시절에는 지나가던 과객에게도 불러서 밥을 한 끼 먹이던 아름다운 온정이 있었습니다. 그랬기에 밥 먹는 시간에 남을 방문하는 것은 예의가 아니라는 말까지 생겼습니다. 가난한 형편에 방문해서 밥까지 얻어먹으면 민폐가 된다고 스스로들 느꼈기 때문입니다.

오히려 먹고 사는 게 큰 문제가 없는 요즘, 남을 배려하는 마음은 줄어들고 있습니다. 그악스러운 사람만 주위에 가득한 것 같고, 내 이익 앞에서는 목숨을 걸면서까지 지키겠노라고 다툼을 벌입니다. 겁이 나서 밖에 나가기 힘들 지경입니다.

이럴 때 처방은 무엇일까요?
이런 때일수록 주변을 돌아보며 사랑을 나누고, 나의 것을 나누어주고 배려하는 일이 그 처방이라고 생각합니다. 나누는 사람, 자신에게 줄 것이 많건 적건 이웃을 사랑하고 배려하며 베풀려는 사람이 아름다워 보이는 이유도 그 때문입니다.

이 책은 제가 그동안 쓴 원고들을 모은 에세이입니다.
모아놓고 다시 보니 이 땅의 소수자인 제가 세상에 관심을 가지고 따뜻한 시선으로 세상을 그리려 애쓴 흔적이 보입니다.

독자 분들도 바쁜 삶에서 잠시 여유를 갖고 저 같은 장애인도 어떻게 열심히 살았는지, 그리고 어떻게 이웃과 사회에 관심을 가지고 살아가려 애썼는지 살펴봐 주시면 좋겠습니다.

그리하여 작은 깨달음이라도 독자 분들의 가슴에 등불처럼 밝힐 수 있다면 저는 더 이상 바랄 게 없겠습니다.

북한산 기슭에서
고정욱

1장 그대, 내게
행복을 주는 사람

어느 날 출판사 편집장에게서 전화가 왔습니다.

"선생님, MBC '느낌표'에 선생님 책이 선정되었어요."

놀라운 일이었습니다.

온 국민이 보는 방송 프로그램에 제 책이 선정되다니요.

"단 전제조건이 있어. 두 달 동안 팔리는 책의 인세는

모두 책 읽는 사회 운동본부에 기부해서

기적의 도서관을 짓는 데 기부해야 해요. 동의하시는지요?"

저는 그 자리에서 동의했습니다.

제 돈을 모아서라도 기부할 판인데

제 책을 판 인세로 기부를 한다니 이 얼마나 보람된 일인가요.

과자를 사 주는
아저씨

1급 장애인인 저는 어려서부터 목발을 짚고 다녔습니다. 물론 지금은 나이를 먹어 휠체어 신세를 지고 있지만요. 아이들과 함께 뛰어놀지 못하는 저는 양지바른 곳에 목발을 짚고 서서 아이들이 뛰어노는 장면을 물끄러미 지켜보는 게 유일한 낙이었습니다.

그날도 저는 양지바른 담벼락에 등을 기대고 서서 동네 아이들이 구슬치기며 다방구를 하며 뛰어노는 장면을 구경했습니다. 제 옆에서는 늘 그 자리를 지키는 뽑기 장수 아저씨가 연탄화로를 끼고 앉아 아이들의 코 묻은 돈을 노리고(?) 있었습니다.

설탕을 연탄불에 녹여 소다를 뿌리면 부풀어 오르는 뽀얀 살색의 뽑기를 아이들은 1원씩, 2원씩 내고 사 먹곤 했습니다. 그 아저씨는 뽑기뿐만이 아니라 캐러멜이나 초콜릿 같은 과자들을 번

호판 위에 놓고 아이들이 제비를 뽑을 수 있도록 추첨판도 마련해 놓고 있었습니다. 사과 궤짝을 엉성하게 짜서 만든 그 뽑기 판이 아저씨에게는 생계 수단인 셈입니다.

그때 동네에 커다란 삼륜차가 이삿짐을 싣고 들어왔습니다. 각종 항아리부터 장롱, 이불, 보따리 등이 내려지고 있을 동안 삼륜차 기사는 꼼짝도 하지 않고 앉아서 운전석 밖을 하염없이 내다보고만 있었습니다. 기사들은 운전만 할 뿐 인부들이 짐을 내리는 것을 도와주진 않았습니다. 삼륜차 기사는 물끄러미 저를 내려다보다 문득 말했습니다.

"애야, 그 옆에 있는 거 아무거나 먹고 싶은 대로 집어라."

저는 제 귀를 의심했습니다.

"그 옆에 있는 과자 먹고 싶은 거 먹으라고!"

왜 처음 보는 아저씨가 뽑기 장수 좌판의 과자를 집으라고 하는지 알 수가 없었습니다. 그러자 옆에서 듣고 있던 눈치 빠른 동네 조무래기들이 달라붙었습니다.

"야, 아저씨가 사준다잖아! 빨리 먹고 싶은 거 다 골라 집어."

저는 거지가 아니었습니다.

아버지는 육군 장교였고, 월남전에도 참전을 하고 온 유복한 가정의 아들입니다. 그런데 저에게 먹고 싶은 것을 마음껏 고르라니요.

"아저씨, 저 거지 아닌데요?"

"알아, 누가 널 거지로 보겠냐? 그냥 너 사주고 싶어서 그런다. 괜찮으니까 어서 골라라!"

그제야 저는 아저씨가 저에게 뭔가를 베풀려 한다는 것을 알았습니다. 초콜릿과 사탕, 과자 등등을 집자 아저씨는 계산을 해 주고는 삼륜차를 몰고 떠났습니다. 공부를 열심히 하라든가 뭐 어쩌라는 어른들의 상투적인 말 한 마디 없었습니다. 그저 과자만 사주고 간 것이었습니다. 덕분에 그날 저와 친했던 동네 조무래기들에게는 잔치가 벌어졌습니다. 평소에 먹고 싶어도 제대로 사먹지 못하던 과자들을 마음껏 먹을 수 있었기 때문입니다. 어린 시절 제가 겪은 이 에피소드는, 두고두고 제 마음속에서 반딧불이가 반짝이는 빛을 발하듯 살아 있는 동화가 되었습니다.

그 뒤 저는 문학을 전공해 작가가 되었습니다. 다행히 독자들의 사랑을 많이 받아 책도 많이 팔리고 이름도 적잖이 알려지게 되었습니다. 그 가운데 〈가방 들어 주는 아이〉라는 작품은 제가 나눔을 실천할 수 있는 계기가 된 작품입니다. 어린 시절 학교를 다닐 때

가방 들고 다니는 게 저에겐 가장 큰 문제였는데, 제 가방을 매일 등하굣길마다 들어주던 친구의 이야기를 동화로 쓴 작품입니다.

어느 날 출판사 편집장에게서 전화가 왔습니다.

"선생님, MBC '느낌표'에 선생님 책이 선정되었어요."

놀라운 일이었습니다. 온 국민이 보는 방송 프로그램에 제 책이 선정되다니요.

"단 전제조건이 있어요. 두 달 동안 팔리는 책의 인세는 모두 책 읽는 사회 운동본부에 기부해서 기적의 도서관을 짓는 데 기부해야 해요. 동의하시는지요?"

저는 그 자리에서 동의했습니다. 제 돈을 모아서라도 기부할 판인데 제 책을 판 인세로 기부를 한다니 이 얼마나 보람된 일인가요.

그 책은 두 달 동안 어마어마한 양이 팔려나갔습니다. 그 인세만도 1억에 가까웠습니다. 훗날 출판사와 그림 작가 그리고 제가 인세를 합쳐 수억 원의 돈을 기부하는 좋은 경험을 했습니다. 그 결과 때문인지 그 책은 지금도 많은 사랑을 받으며 사람들에게 나눔을 실천한 대표적인 작품으로 알려져 있습니다. 보잘것없는 작가인 내가 책 판매 인세로 세상에 좋은 일을 하다니, 생각할수록 놀라운 경험이었습니다.

그 뒤로 저는 제가 하는 영역에서 최대한 나눔을 실천하려 애를 씁니다. 제가 쓴 많은 책 가운데 일부인 30여 권의 인세를 조금씩이라도 어려운 곳에 나눠주고 있습니다. 아예 출판사와 저작권 계약을 할 때, 수익의 몇 퍼센트는 그 책의 소재가 된 힘들고 어려운 사람에게 가도록 합니다. 그것도 아니면 특정한 단체에 기부를 합니다. 물론 퍼센트 비율은 낮습니다. 하지만 제 마음의 정성입니다. 그리고 가끔 책이 잘 나가면 그 액수도 만만치 않게 커집니다. 무엇보다도 저작권은 제가 죽은 뒤 70년간 보장이 되는 권리입니다. 오래도록 나눔을 실천할 수 있는 안전장치를 제가 찾아낸 셈입니다. 저만의 창의적인 기부 방법이라 할 수 있겠습니다. 그렇게 해서 저는 어느덧 적지 않은 금액을 기부한 작가가 되었습니다.

남들은 저에게 기부를 많이 하고 나눔을 실천하는 작가라고 칭찬합니다. 초등학교에 강연을 가서 아이들에게 기부와 나눔에 대해 이야기하면 아이들은 손을 들고 묻습니다.

"선생님은 어떻게 그렇게 기부를 많이 하실 수 있었나요? 돈을 잘 벌어서요?"

물론 책이 많이 팔리고 사랑을 받았기에 가능한 일입니다. 하지만 책이 많이 팔리고 베스트셀러가 된다고 해서 모든 작가가 기부하는 것은 아닙니다. 이는 마치 부자라고 해서 기부 왕이 되지 않는 것과 같습니다.

 그럴 때면 저는 제 가슴 속에 묻어 있는, 어린 시절 목발을 짚고 서 있는 아이에게 아무 이유 없이 과자를 사주던 아저씨 이야기를 해줍니다. 이야기를 듣고 나면 아이들은 모두 감동받고 박수를 보내줍니다.

 그 뒤 저는 그 아저씨와 같은 삶을 살기로 결심했습니다. 한번은 동네 분식점에 가서 밥을 먹는데 꼬마 셋이 들어왔습니다. 손에는 만 원짜리 한 장을 쥐고 녀석들은 메뉴를 한참 살폈습니다. 그러더니 라면 세 그릇을 시키더군요. 아마도 어디서 용돈이 생겨 나름 외식을 하러 온 것 같았습니다.

 먼저 밥을 먹고 일어서던 저는 아이들 라면 값을 계산했습니다. 그리고 아이들에게 말했습니다.

 "얘들아, 아저씨가 너희들한테 한 턱 낼게."

 "어, 저희들 돈 있어요."

 "아니야. 아저씨가 너희들 같은 어린이들 덕에 먹고 사는 사람이야. 그래서 너희들한테 밥 사주고 싶어. 나중에 너희들도 크면 다른 아이들한테 밥 사줘라."

그렇게 기분 좋게 생면부지의 아이들에게 라면을 사줬습니다. 지금도 가끔 식당이나 마트 같은 곳에서 어린이들끼리 뭘 먹고 있는 걸 보면 저는 꼭 그 아이의 음식 값을 계산합니다. 여기에는 아무 이유가 없습니다. 다만 제가 동화작가이고, 어린이 청소년 책 작가이니만큼 그 아이들을 만났을 때 밥 한 끼 사주는 것이야 말로 그들에게 감사를 표현하는 유일한 방법이라 생각하기 때문 입니다.

나눔이라는 것이 뭐 그리 거창한 것이겠습니까. 십시일반 한 숟 가락씩 밥을 나누어 한 그릇의 밥을 만드는 것이 아니겠는지요.
또 저는 식당에서 군인이 밥을 먹으면 그에게도 밥을 사주려 합 니다. 어디 그뿐인가요. 수녀님이나 스님들이 식사하셔도 그분들 의 밥값을 계산합니다. 각박한 세상에서 세상의 평화를 위해, 그 리고 중생의 구제를 위해 수행하고 기도하는 분들이 아닙니까. 그 분들에게 따뜻한 밥 한 끼 사주는 일은 결코 큰 결심을 요구하는 일이 아닙니다. 내 주변부터 내가 먼저 나눔을 실천할 때 모든 사 람들이 나눔을 실천하게 될 것이고, 세상이 나눔의 세상이 될 것 이라 믿기 때문입니다.

오늘이라도 누군가에게 깜짝 선물을 한번 해보시면 어떨까요.

내 주위에 생각지도 않았던 사람에게 나눔을 실천하는 일, 친절을 베푸는 일, 그것은 사회에 사랑의 온기를 뿌리는 일이며 동시에 나 자신 안에도 흐뭇한 자기만족을 주는 아름다운 행위가 될 것입니다. 그러면 그 나눔을 받은 사람은 언젠가 또 다른 나눔의 마중물이 되리라 믿습니다.

나누는 사람이 꽃보다 아름답습니다.

비행기 안에서

멀리 여수에 강연을 갔습니다.

아침 첫 비행기를 타고 김포공항에서 출발하는 여정이었습니다. 비행기는 빠르기 때문에 기내에 앉아 있는 시간은 길지 않습니다. 하지만 공교롭게도 그날은 새벽부터 안개가 짙게 끼어 있었습니다. 비행기에 올라서도 한 시간 가까이 안개 때문에 비행기가 뜨질 못했습니다.

마침내 이륙할 무렵 저는 소변을 보고 싶다는 생각이 들었습니다. 방광이 점점 부풀었습니다. 한 시간만 버티면 여수공항에 내려 화장실에 갈 수 있을 것이지만 아침에 마셨던 음료수가 점점 방광을 압박했습니다. 도저히 견딜 수가 없었습니다. 제가 벌떡 일어나 달려가 기내 화장실을 이용하는 것은 불가능합니다. 이미 휠체어는 치워졌고, 목발도 없고, 안전벨트로 제 몸을 꼭 고정했기 때문입니다.

저는 궁리 끝에 할 수 없이 앞에 꽂혀 있는 멀미용 구토봉지를 꺼냈습니다. 구토 봉지는 안에 코팅이 되어 있어 비상시에 멀미하는 사람이 그 안에 토하도록 만들어 놓은 것입니다. 저는 그 봉투 두 개를 겹쳐 소변을 보았습니다.

그런데 큰일이 났습니다. 소변이 좔좔 새기 시작한 것입니다. 저는 서둘러 신문지를 꺼내 봉투를 감쌌지만, 이내 두껍게 받친 신문지까지 흠뻑 젖었습니다. 지나가는 여승무원에게 할 수 없이 말했습니다.

"제가 급해서 여기에 소변을 봤는데, 이것 좀 치워주시겠어요?"

예쁘게 화장하고 아리따운 유니폼을 입은 승무원은 두 말 않고 신문지와 소변을 담은 봉투를 받아서 치웠습니다. 저는 얼굴이 화끈거리고 식은땀이 났습니다. 가장 은밀하고 부끄러운 일을 남에게 부탁해야 했기 때문입니다. 제가 장애인만 아니었더라도 이렇게 부끄러운 일을 부탁할 일은 없었습니다.

화장실을 아무 때나 원하는 시간에 갈 수 있고, 남의 도움을 받지 않고 이용할 수 있는 사람들은 정말 전생에 나라를 구한 것입니다. 저는 이동이 불편해서 이렇게 생리적인 일로 인해 큰 곤경을 치른 적이 한두 번이 아닙니다.

어떤 사람들은 요즘 너무 힘들고 불행해서 자살하고 싶다고 말합니다. 가정폭력, 집단 따돌림, 사회적 소외감, 경제적 빈곤 등등. 여러 이유로 자신의 삶이 희망이 없다고 생각하기에 그러한 무모한 결론을 내리는 거겠지요.

하지만 제가 보면 건강한 몸을 지닌 그 사람들은 모두 너무나 행복한 사람들입니다. 화장실을 마음껏 갈 수 있다는 것도 엄청난 행복입니다. 저 같은 사람은 무슨 죄를 지었기에 화장실도 마음대로 못 가고 비행기 안에서 이런 소동을 일으켜야만 하겠습니까.

내가 가지고 있는 것, 너무나 평범하고 당연하다 여겼던 것도 남들에게는 당연하지 않을 수 있음을 느낀다면 이 세상에 축복 아닌 것이 없습니다.

비행기가 무사히 목적지에 도착한 뒤 저는 폐를 끼친 승무원에게 환한 얼굴로 감사 인사를 전했습니다. 그리고 행복감을 느꼈습니다. 화장실마저 제 힘으로 가지 못할 때도 있지만 그런 저를 도와주는 사람은 주변에 늘 있기 때문입니다.

선거참모가
된 딸

　저녁 늦게 집에 들어가 보니 서재가 엉망이 되어 있습니다. 여기저기에 종이들이 흩어져 있고, 쓰레기통에도 프린팅 하다가 잘못된 파지들이 쑤셔 박혀 있습니다. 버린 용지들을 들춰보니 이렇게 쓰여 있었습니다.

　최민지를 학생회장으로~
　아자아자!

　선거 전단지를 디자인해서 출력한 거였습니다. 보나마나 막내딸의 소행이 분명했습니다. 중학교에 다니는 딸을 불러다 물었습니다.
　"이게 뭐니?"

"민지가 이번에 회장에 출마했어요. 제가 선거 참모예요. 전단지 만들어 가지고 내일 뿌리려구요."

상황을 보니 한두 장을 인쇄한 게 아니었습니다. 컬러프린터로 나름 디자인해 놓은 전단지를 수백 장이나 뽑아낸 거였습니다. 아내가 눈을 흘기며 저에게 말했습니다.

"아니, 쟤가 쓸데없이 제 친구 회장 나간다는데 저렇게 나서 가지고 난리네."

"치, 엄마는 알지도 못하면서!"

막내딸은 토라져서 방으로 향했습니다. 그걸 보며 제가 아내에게 말했습니다.

"여보, 친구 잘 되는 게 얼마나 좋은 건데!"

"무슨 말이야? 지가 회장 나가는 것도 아닌데……."

"생각을 바꿔봐, 회장에 나가지 않더라도 친구가 회장이 되면 얼마나 신나겠어. 그리고 자기가 도와줘서 친구를 회장 만든 성취감은 어떻고? 우리 딸에게는 아주 훌륭한 경험이야. 잘했어요, 잘했어. 필요하면 전단지 더 뽑아!"

저는 막내딸의 등을 두드려 주었습니다.

전국으로 강연을 다니며 요즘 아이들을 어느 정도 아는 어른인 저로서는, 우리 딸의 그런 태도가 남다르다고 생각합니다. 대개 자기 아이가 회장에 출마하지 못하고 선거참모나 한다고 하면 부모들은 시샘합니다. 왜 우리 애가 들러리를 서야 하냐고 생각하기 쉽습니다.

하지만 그것은 잘못된 생각입니다. 어떻게 내 아이가 이 세상 모든 일의 주역이 될 수 있겠습니까? 시험을 잘 보는 아이가 선거에는 못 나갈 수도 있고, 선거에 나가는 아이가 시험은 못 볼 수도 있습니다. 노래를 잘하는 아이가 그림에 소질이 없거나, 운동을 잘하는 아이가 남 앞에서 부끄럼을 탈 수도 있습니다. 사람에게 주어진 가능성은 무한하지만, 자기에게 맞는 적성과 발휘할 수 있는 핵심역량은 그리 많지 않습니다. 정확하게 가장 잘하는 것을 가려 뽑아 지도하고 육성하는 것이 교육이라고 생각합니다.

요즘 아이들이 과거와 다르다고 아주 쉽게 부모와 사회 탓을 하는 경향이 있다고 하지만, 저는 생각이 좀 다릅니다. 어느 사회인들 문제가 없겠습니까. 어느 부모인들 완벽하겠습니까. 주어진 환경에서도 스스로 올바른 길을 찾아가고 헤쳐 나갈 줄 아는 능력을 가진 것이 인간입니다. 저는 어려운 환경 때문에 좌절하고 아무짝에도 쓸모없는 사람이라는 소리를 들으면서 살아야 했을까요? 결코 그렇지 않습니다. 그래서 저는 요즘 아이들에게, 또 요즘 부모님들께 몇 가지 당부를 하고 싶습니다.

첫째로는 제 막내딸의 경우에서도 보았듯 친구의 좋은 일에 진정으로 기뻐하도록 하는 것이 중요합니다. 친구가 얼마나 중요한지를 말해주는 속담은 차고도 넘칩니다. '친구 따라 강남 간다'란 속담이 대표적입니다. 강남에 갈 일이 없는 아이라도, 친구가 있기 때문에 강남에 가서 새로운 문물을 접하고 새로운 경험을 할 수 있는 것입니다. 그로 인해 운명이 바뀔 수도 있습니다. 그런 점에서 친구가 잘 되어야 나도 잘 됩니다. 주위를 돌아볼 때 친구와 함께 큰일을 해내고, 친구의 격려를 통해 보람 있는 일을 경험하는 경우가 얼마나 많은가 말입니다.

친구의 즐거운 일에 동참하고 기뻐할 수 있는 사람은 절대 외롭지 않습니다. 비록 그가 재주가 없고 무능하더라도, 능력 있는 친구를 도우면서 그와 함께 성장할 수 있는 기회가 오기 때문입니다. 아이가 친구를 위해 희생하고 친구의 일에 앞장서는 것은 우리 아이가 못나서 그런 것이 아닙니다. 어쩌면 우리 아이가 더 나은 아이이기 때문에 가능한 일일지도 모릅니다. 요즘 부모들이 생각을 바꿔야 할 부분입니다.

그 다음은 아이들을 밝고 명랑하게 만들어야 합니다. 밝고 명랑함은 청춘의 표상입니다. 말똥만 굴러가도 깔깔대며 웃는 것은 사춘기 청소년들의 전매특허입니다. 그런데 요즘 아이들은 학업과 시험에 찌들어서인지 얼굴 표정이 어둡습니다. 부모들도 툭하면 공부나 하라고 윽박지르기 일쑤죠. 명랑함과 쾌활함은 돈 주고도 살 수 없는 덕목입니다. 그걸 잘 모르는 부모님들이 많아 안타깝습니다.

인도 콜카타의 성인인 마더 테레사는 사랑의 선교회를 만들면서 길거리에 버려진 수많은 행려병자들을 데려다 그들이 인간답고 존엄하게 살다가 죽을 수 있도록 해준 사람입니다. 짐승만도 못하게 죽던 사람들을 불러다 깨끗이 닦아주고 돌봐준다는 것은, 성인의 반열에 올라가지 않으면 하기 힘든 일일 겁니다.

그런 마더 테레사 밑에서 그의 수족이 되어 행려병자들을 돌보는 수녀들은 매일 죽어나가는 사람들을 봅니다. 자칫하면 그들의 슬픔과 고통이 전이될 수도 있습니다. 그렇게 되면 바로 우울증에 걸리고 죽음을 생각하게 될지도 모릅니다.

어느 기자가 그런 마더 테레사에게 물었습니다. 수녀들을 뽑을 때 가장 중요시하는 요건이 무엇이냐고. 그러자 마더 테레사는 주저 없이 이야기했습니다.

"저는 명랑하고 쾌활한 수녀를 뽑습니다. 명랑하고 쾌활한 사람이라야 어둡고 우울한 일을 보더라도 스스로 치유하고 이겨냅니다."

마더 테레사의 말에서도 알 수 있듯 명랑하고 쾌활하다는 것은 이 세상에 쏟아져 들어오는 수많은 스트레스와 우울함을 이겨낼 수 있는 힘입니다. 쾌활한 성격을 가진 아이들을 찍어 눌러서는 안 됩니다. 아이들에게 용기를 북돋워 주고, 환하게 웃을 수 있는 즐거운 일들을 많이 만들어주는 사회가 되어야 합니다. 아무 이유 없이 자녀들을 끌어안고 뒹구는 집안 분위기를 만들어야 합니다. 비록 사는 것이 힘들고 팍팍하다지만, 그렇다고 자기 입으로 그걸 말하는 순간 정말 삶은 어려운 것이 되어 버립니다.

그리고 또 강조하고 싶은 것은 우리 아이들에게 좋은 것을 많이 보여주자는 것입니다.

한번은 낙후된 지역에 강연을 간 적이 있습니다. 저는 꼭 강연을 가면 어린이들에게 꿈을 이야기해보라고 합니다. 꿈을 이야기하는 순간 아이들은 자신의 꿈을 향해 한걸음 다가가는 것이기 때문입니다. 여기저기서 번쩍번쩍 손을 들어서 한 아이를 지목했습니다. 그랬더니 경악할 만한 이야기를 하는 게 아닙니까?

"저는 커서 사채업자가 될 겁니다."

그 순간 강당에 가득 차 있던 학생들과 교사들, 그리고 저까지

할 말을 잃었습니다. 한 교사가 급하게 사태를 무마하려고 애를 썼습니다.

"동네가 열악해서 사채업자를 많이 봐서 그래요."

나중에 들은 이야기지만 그 지역에 사는 대다수의 주민들은 이 사회의 밑바닥으로 떨어진 사람들이라고 했습니다. 사업을 하다가 실패하거나 신용불량자가 되어 떠돌다보니 아이들은 집에 와서 괴롭히는 사채업자들을 보게 되고, 그들이 돈을 많이 갖고 다니며 좋은 차를 타고 다니는 것을 보고 그들을 롤 모델로 삼은 것입니다. 너무나 슬프고 어이없는 현실이었습니다.

하지만 아이들은 아무 잘못이 없습니다. 아이들은 자기가 보고 느낀 대로 생각하고 결정하기 때문입니다. 그 아이가 만일 열심히 일하고 최선을 다해 노력하는 사람을 봤다면 분명 그런 사람을 롤 모델로 삼았을 것입니다. 아이가 롤 모델로 삼을 사람이 그런 사람이 되도록 했다는 것은 어른들의 책임입니다.

지금이라도 늦지 않았습니다. 우리 아이들에게 좋은 것을 많이 보여줘야 합니다. 시간을 내서 책도 읽어주고 새로운 곳에 가서 체험을 하게 해주고, 존경할 만한 사람을 찾아가 이야기를 듣고 그 사람의 저서를 사서 사인도 받고 직접 만나 이야기도 할 수 있는 경험을 하게 해줘야 합니다. 그럼으로써 그 아이의 꿈이 무럭무럭 자라게 해야, 미래의 사회는 건실한 사람들로 가득 찬 세상이 될 수 있습니다. 어릴 때의 많은 경험으로 쌓인 온갖 추억은, 큰돈을 주고도 살 수 없는 아주 소중한 것입니다.

더하여 얘기하고 싶은 것은 어린이들에게 무엇이든 스스로 해볼 수 있는 기회를 주라는 것입니다. 저의 경우, 학교 다닐 때 장애가 있는 아이였기 때문에 방과 후 청소 같은 것들은 면제였습니다. 긴 걸레를 들어 바닥을 닦고 비질을 하며 쓰레기를 내다 버리는 일을 저는 할 수 없었습니다.

그렇지만 다른 일은 얼마든지 할 수 있었습니다. 그 당시 복도를 닦아서 반질반질 윤을 내는 일은 학급 아이들의 몫이었습니다. 전부 마룻바닥에 주저앉아 왁스를 칠해 반질반질 빛냈습니다. 그건 저도 얼마든지 동참할 수 있었습니다. 선생님은 이번에도 열외시켜 주셨지만, 저는 자진해서 왁스를 사고 걸레를 가져가 아이들과 함께 바닥을 열심히 닦았습니다. 그때만은 저의 장애가 아무런 문제가 되지 않았습니다. 아이들과 하나가 되어 그런 일에 동참한다는 사실만으로도 얼마나 좋았는지 모릅니다. 그 뒤로도 저는 제가 할 수 있는 일이라면 사양하지 않고 적극 참여하려 애를 썼습니다.

스스로 몸을 움직여 일을 하고 경험해보는 것은 나의 자존감을 올려주는 일입니다. 자존감 없고 스스로 뭔가 하려 하지 않는 사람이 어찌 훌륭하고 위대한 일을 하겠습니까. 아기들은 태어나면서부터 뭔가를 해보려 애를 씁니다. 그런데 대개의 부모들은 그런 아이들이 서툰 손놀림으로 사고를 치거나 뭔가를 망가뜨릴까봐 제재하기 일쑤입니다. 그렇게 해놓고 나중에 커서 아이가 아무것도 하려 하지 않는다고 한탄을 하는 것은 참으로 한심한 일입니다.

아이들은 경험으로 성장합니다. 기회가 닿으면 많은 것을 경험하고 직접 하게 해 주어야 합니다. 어른의 일이라고 못할 것은 없습니다. 요리할 때 옆에서 파라도 다듬게 하고, 청소할 때 아무 것이라도 역할을 주어야 합니다. 텃밭을 가꿀 때에도 아이에게 풀을 뽑거나 땅을 파게 해보는 이런 모든 경험들이 그 아이의 삶을 풍족하게 하고, 그 아이를 행복한 아이로 키우게 한다고 믿습니다. 스스로 하는 경험은, 나중에 자존감과 독립심이 강한 어른으로 성장하게 하는 지름길이기도 합니다.

요즘 얼마나 스스로 독립하지 못하고 경제적으로 자립하지 못하는 아이들이 많은가요? 그들이 이 땅에서 자신의 두 다리로 서서 역할을 해낸다면, 우리 사회의 경쟁력도 그만큼 커질 것입니다. 아이들이 적극적으로 뭐든 스스로 하는 사회, 이를 위해서는 아이들이 몸을 써서 움직이고 활동하는 것이 정말 소중한 일임을 깨닫게 해야 합니다. 이것이 잘 이뤄지는 사회는 바람직한 사회입니다.

어른들에게도 할 말이 있습니다. 사실 부모의 입장에서 자녀를 보면 마음에 들거나 마땅하게 느껴지는 것이 하나도 없습니다. 그래서 하나라도 더 말을 하려 합니다. 하지만 아이들은 그런 부모님의 얘기를 대개 잔소리로 여깁니다. 정말 좋은 이야기조차도 잔소리에 묻히는 것이 안타깝습니다. 부모의 말을 잘 들으면 분명 시행착오를 줄이고 자신의 갈 길을 가는 데 있어 올바른 지침을 얻습니다. 그런데 아이들은 쏟아지는 부모의 말을 잔소리라 생각하고 귀를 닫아버립니다. 무슨 말을 해도 들으려 하지 않습니다. 이러니 소통에 문제가 생기고 관계에 이상이 옵니다.

저는 감히 부모님들께 이야기합니다.
조금만 잔소리를 줄이시라고…….
진정한 리더는 지시보다는 확인을 더 많이 합니다. '5% 지시, 95% 확인'이라는 말까지 있을 정도입니다. 부모가 말을 줄이고 자신의 말에 권위를 싣는다면 아이들도 부모의 말을 듣지 않을 리 없습니다. 하루에 백 마디 하던 것을 한 마디만 하고, 그 대신 그

한 마디가 이행되는지를 확인하는 부모라면 자녀들은 부모의 잔소리로부터 해방되면서도, 자신이 해야 할 소임과 책임을 분명하게 인지할 수 있습니다. 어린 시절을 돌이켜보면, 부모들도 잔소리 한 번 듣지 않고 자란 사람은 없습니다. 그때 그 잔소리가 즐거웠던 사람도 없을 겁니다.

비록 마음에 들지 않고 마땅치 않아도 참아주고, 기다려보며, 아이에게 기회를 주는 것이 정말 필요합니다. 이렇게 아이들을 대화의 상대로 여기고 아이들이 우리의 미래임을 알고 제대로 키운다면, 우리의 미래 사회엔 큰 희망이 있다고 봅니다.

다음 날 선거에서 딸의 친구는 회장에 당선되지 못했습니다. 하지만 딸은 환하게 웃으며 그래도 근소한 차이로 떨어졌다며 진심으로 스스로를 위로했습니다. 자신이 열심히 전단지를 뿌리고 활동했기 때문에 그나마 그렇게 되었다는 겁니다. 그렇게 긍정적으로 생각해주니 얼마나 반갑고 귀여우면서 기특하던지요.
분명 우리 딸은 친구 따라 강남에 갈 것 같습니다.
아니면 친구를 데리고 강남에 가거나…….

흑자가 너무 커도
안 되는 것

　온 나라가 구조조정이니 정리해고니 하면서 난리법석을 떤 지 오래 되었습니다. 저는 일개 백면서생에 불과하기 때문에 경제의 논리는 잘 모릅니다. 그러나 어리석은 제 눈으로 봐도 요즘 우리 사회의 복잡한 현상을 한 마디로 요약하면 '적자가 나면 안 된다' 인 것 같습니다. 즉 모든 기업의 목적은 영리를 추구하는 것이고 그러므로 이익이 나야만 하며 돈을 많이 벌어야 하는 것입니다.

　그렇기에 흑자를 내지 못하는 기업은 정리되어야 할 기업입니다. 또한 이익을 만들지 못하는 기업 구조는 개선되어야 합니다. 돈을 못 벌어오는 사람은 퇴출 대상이 되고 맙니다. 이러다 보니 온 세상은 흑자의 논리로 돌아갑니다. 사람들의 행동 하나하나는 이익을 창출하는 것이어야 합니다. 시설은 흑자 행진을 할 수 있도록 풀가동해야 합니다. 만들어진 모든 물건은 최대의 효율을 올려야 합니다.

그러나 인생은 꼭 흑자만이 최상책은 아닙니다. 흑자를 위해 더 큰 무엇을 희생하는 어리석음을 범할 수 있기 때문입니다.

제가 한때 글을 썼던 작업실 옆에는 J전자라는 장애인들만의 공장이 있습니다. 180여 명의 장애인 직원들이 전자제품의 부품을 조립하면서 자활의 터전을 삼고 있는 곳입니다. 이곳도 경제 위기의 한파로부터 자유롭지 못했습니다. 그러나 이내 미국으로 수출하는 컴퓨터의 부품 생산을 맡았습니다. 요즘은 잔업까지 해서 공장이 활기차게 돌아갑니다. 놀랄 만한 생산력으로, 비장애인들의 공장과 비교도 안 되게 불량률을 낮췄기 때문입니다. 물론 가격 경쟁력도 월등합니다. 오랜 시간 숙련된 직원들이 있기 때문입니다.

하루는 이곳 공장장님에게 제가 물어봤습니다. 이렇게 일거리가 있을 때 더 큰 이익을 내기 위해 시설을 늘리고, 잔업을 더 시키거나 직원을 새로 뽑아 2교대, 3교대로 계속 공장을 돌려야 하지 않겠느냐고요.

그러나 공장장의 대답은 그게 아니었습니다. 물론 그렇게 하면 돈을 많이 벌고 이익이 더 커지겠지만 이곳의 원래 목적은 그게 아니라는 것이었습니다. 생활이 막막한 장애인들에게 안정된 직장을 주고 인간다운 삶을 누리게 하는 곳이기에 마냥 무턱대고 이익만을 위해 장애인들을 혹사할 수 없다는 겁니다. 그저 회사가 운영되고 그들이 안정적으로 일할 수 있는 일거리가 있다면 그게 바로 행복이라는 말을 듣고, 저는 저의 아둔함을 반성했습니다.

과거 우리 어른들이 말씀하신, 약간 손해 보면서 사는 게 현명하다는 말씀의 지혜가 바로 거기에 있었습니다.

이 세상엔 흑자가 너무 커도 안 되는 것이 분명 있습니다.

원죄보다
버거운 장애

오래 전의 일입니다. 대학교에서 강의를 마치고 피곤한 몸으로 집에 들어서니 아내가 울어서 퉁퉁 부은 얼굴로 말하는 것이었습니다.

"여보, 나 오늘… 죽고 싶었어요."

난데없는 말에 놀란 저는 자초지종을 묻지 않을 수 없었습니다.

"왜? 무슨 일인데?"

"당신 같은 장애인과 결혼해 사는 게 그렇게 부질없는 짓일까……."

아내의 말은 장애인인 저와 결혼해 살면서 꿋꿋하게 살려고 애썼는데, 그날 그 노력이 얼마나 허황한 것인가를 절감했다는 얘기였습니다.

친척들에게 무슨 이야기를 들었는지, 장모님이 오셔서 병신 남편과 함께 빨빨대고 친척집에 돌아다니지 말라고 말했다는 것입니다. 겉으로는 반겨도 속으로는 반가워하지 않으니 제발 집에 처박혀 조용히 살라는 것이 처가 친척들의 중론이었고, 그런 의사 전달을 아내에게 했던 것 같았습니다.

그 말을 들으니 지나간 저의 결혼식이 생각났습니다. 처가의 끈질긴 반대를 견뎌내고 저와 결혼한 아내는, 슬픔을 이겨내려 비틀거리는 걸음으로 웨딩드레스를 입고 들어왔습니다. 성당에는 하객이 별로 없었습니다. 우리 결혼을 끝까지 반대하신 장모님 때문에(저는 장모님을 결혼식 당일 처음 만났습니다) 처가의 하객은 장인어른의 형제분들과 아내의 형제, 친구들뿐이었습니다. 그래서 우리는 조촐한 결혼식을 치를 수밖에 없었습니다.

그래도 우리 부부는 행복했습니다. 우리는 젊었고 저는 이 세상을 열심히 살아낼 용기와 희망이 있었습니다. 우리 식구들 역시 힘든 결정을 한 아내를 고맙게 여기며 감사하는 마음 그것뿐이었습니다.

그때 제가 한 결심은 그랬습니다. 친척들의 반대는 당연하지만, 최선을 다해 꿋꿋이 살면 언제고 아내의 친척들이 나를 인정하고 나에 대한 편견을 거두리라는 것이었습니다. 그래서 결혼 후 저는 당당하게 처가의 대소사에 얼굴을 내밀었고 처가의 어른들도 그런 저를 어색하게나마 받아들이는 눈치였습니다. 그토록 결혼을 반대했던 장모님도 이내 우리를 인정하고 가까이서 늘 보살펴 주셨습니다. 저 역시도 부끄럼 없는 삶을 산다고 자부했고, 장애를 의식하지 않으면서 매일매일을 치열하게 적극적으로 살아왔습니다. 그런 제가 책을 낼 때마다 친척들은 격려 전화도 여러 차례 걸어 장하다고 칭찬도 했습니다.

그런데 난데없는 아내의 말을 들으니 망연자실할 수밖에 없었습니다. 이렇게까지 장애에 대한 편견이 이 사회에 뿌리 깊이 팽배해 있음을 다시금 피부로 느꼈기 때문입니다. 그분들 대부분은 성당이나 교회를 나가거나 절에 다니며 성현들에게 사랑과 자비를 배워 실천하는 사람들이었음에도, 실생활에서는 장애를 가진 조카사위가 남부끄럽고 자신의 부근에 얼씬거리지 않기를 바라는 것이었습니다. 인간으로서의 그들을 탓하기보다 그런 마음을 갖게 만든 이 사회의 현실이 제 마음을 어둡게 했습니다.

장애는 죄가 아닙니다. 과연 원해서 장애를 얻은 사람이 누가 있겠습니까? 그리고 장애로부터 완전히 자유롭다고 단언할 사람,

또 누구입니까? 그럼에도 아직까지 우리 주변 사람들의 인식은 말 따로, 행동 따로였습니다.

경제적인 선진은 언제든 이룰 수 있습니다. 하지만 우리 사회의 정신적인 선진화, 정신적인 세계화는 아직도 멀기만 합니다. 머리와 가슴은 텅 빈 채 겉만 화려한 우리들은 쇼윈도의 마네킹과 다를 바 없는 사람들입니다. 마네킹이 아무리 비싼 옷을 입었어도 그를 사람으로 봐주지는 않기 때문입니다.

사회에서 냉대 받고 집안에서 천대 받고 스스로에게 상처 내는 장애인들의 비참한 현실, 원죄보다 더 버거운 이 장애의 멍에는 언제나 벗어 던질 수 있는 것인지 알 수 없어 가슴 답답하기만 한 하루였습니다.

내 집 앞을
쓰는 사람

　모처럼 떠나온 여행이었습니다. 이곳 미국 서부의 작은 도시에서 피곤한 나그네를 아침에 눈뜨게 만드는 건 제가 머무는 아파트의 관리인이 내는 송풍기 엔진 소리였습니다. 넓은 아파트 단지에 떨어진 낙엽을 송풍기로 불어 한쪽으로 모으는 것이었습니다. 사람은 하나고 청소해야 할 지역은 몇 천 평은 되니 그런 식으로 시끄럽게 청소할 수밖에 없겠다는 생각이 들긴 합니다.

　과거 우리에게도 그렇게 아침이면 집 앞을 쓸던 사람이 있었습니다. 바로 우리의 아버지 어머니, 할머니 할아버지들이었습니다. 그분들은 으레 아침이면 싸리비를 들고 나가 아무도 보는 사람 없고 듣는 사람 없는 집 앞 고샅을 씁니다. 내 집 앞을 너나없이 모두 쓸기 때문에, 온 골목길은 아침이면 늘 새롭게 단장하고 이제

막 붉게 떠오른 해의 밝은 축복을 받는 것이었습니다.

사각사각, 리드미컬하게 땅바닥이 비질로 쓸리는 소리를 들으면 잠에서 갓 깨어난 저는 학교 갈 준비를 합니다. 아침밥 먹고 세수하고 가방을 멘 뒤 대문 밖을 나서면 아무도 밟고 지나가지 않은 비질한 흙길이 저를 반깁니다. 머뭇거리며 그 길에 발을 디디지 못하는 건 마당 쓴 이의 공을 어린 마음에도 짐작할 수 있었기 때문입니다.

하지만 이제 마당을 쓸던 그 어른들은 어디론가 다 사라졌습니다. 덩달아 정겹던 비질 소리도 들을 수 없고, 날아가는 고추잠자리 후려쳐 잡곤 하던 제법 쓸 만한 또 다른 용도의 싸리비도 눈을 씻고 봐도 간 곳이 없습니다.

찬바람 불기 시작하는 계절입니다. 칼바람 휭하니 불면 날려 오는 비닐봉지며 먼지와 쓰레기가 우리집 대문 앞에 뒹굴어도 우리는 오불관언입니다. 거기는 내 땅이 아니어서일까요? 그런 건 나라에서 월급을 주는 환경미화원이 할 일이라고 여겨서일까요? 눈이 올 때 제 집 앞을 쓸지 않으면 처벌한다는 소리까지 들립니다.

우리는 내 집안만 쓸고 닦고 꾸미느라 더 큰 그 무엇을 잃어버리고 사는 것이 분명합니다.

좀 끼워 줍시다

　일본에 다녀왔습니다. 오랜만에 가본 일본은 경기가 안 좋다더니 정말 사람들 얼굴에 생기가 많이 없어 보였습니다. 과거의 경제대국 일본이 풍기던 자신감이 많이 줄어든 느낌이었습니다.

　제가 일본에 갔다 온 이유는 그곳 장애인들의 예술센터를 시찰하고 오기 위해서입니다. 우리보다 먼저 장애인 복지를 실현하는 나라인지라 가서 직접 보면 배울 점도 많아 보였습니다.

　역시 장애인에 대한 세심한 배려를 곳곳에서 발견할 수 있었습니다. 서비스 정신이 투철한 나라다웠습니다. 중증 장애인도 얼마든지 혼자 생활할 수 있는 편의시설을 보고서는 감탄이 절로 나왔습니다. 천장에 매단 리프트의 리모컨 하나만 조작하면 화장실과 욕실을 마음대로 옮겨 다닐 수도 있었습니다. 그리고 장애인들이 예술센터에서 비장애인들과 어울려 예술 활동을 하는 모습은 보기 좋으면서도 분명 신선한 충격이었습니다.

하지만 저의 눈에 이내 아쉬운 점이 보였습니다. 우리나라와 마찬가지로 그런 시설들은 대개 교외의 널찍한 곳에 자리 잡고 있었습니다. 장애인들만의 시설이나 마찬가지였습니다. 비장애인들은 평상시에 잘 모이지 않는 곳이었고, 도시 중심에서도 거리가 멀었습니다. 아무리 장애인들이 비장애인과 더불어 사는 세상, 함께 어울리는 세상을 만들고 싶어도 물리적 거리가 있어서는 아무것도 이룰 수가 없습니다. 한 마디로 장애인이 주류 사회에 끼어들지 못하는 것이었습니다.

어린 시절, 장애가 있던 저는 문가에 앉아 골목길에서 아이들이 뛰노는 걸 지켜볼 수밖에 없었습니다. 신체적 장애도 문제지만 장애를 가진 아이를 자기들 놀이에 끼워준다는 건 생각해보지 않은 아이들 때문입니다. 자기들끼리 뛰고 소리치고 웃으며 어울리는데 그들 사이에 나도 있고 싶은 것은 본능적인 열망이었습니다.

그때 아이들의 관심을 얻으려고 저는 꾀를 하나 냈습니다. 맛있는 것이나 신기한 물건이 있으면 아이들에게 나눠주고 보여주면서 관심을 끌었습니다. 그러면 아이들이 몰려와 자연스럽게 대화를 나누고 친해질 수 있기 때문입니다. 제 그런 꾀는 이내 먹혔습니다. 뛰놀던 아이들이 하나씩 둘씩 다가왔습니다. 그 아이들과 자연스럽게 대화를 나누고 놀기 시작하면서 이내 저는 골목대장처럼 되었습니다. 말로 모든 걸 다 지시하고, 아이들을 부렸습니다. 제 리더십은 그때 훈련된 것인지도 모릅니다.

장애인도 끼워주는 마음, 그것이 진정한 배려입니다.

혼자만 재미나게 살면 무슨 재미입니까? 더불어 사는 재미가 쏠쏠하지 않겠습니까. 큰 잔치가 있으면 주인뿐만 아니라 손님들도 신납니다. 넉넉한 인심에 양껏 얻어먹을 수 있기 때문입니다. 아무리 세상살이가 팍팍해도 나보다 못한 사람, 사회의 그늘에 가려진 사람을 돌아보는 마음이 아쉽습니다. 나에게는 작은 부분이라도 떼어주면 그들에게는 그것이 전부일 수 있습니다. 함께 했으면 좋겠습니다.

그래서 저는 앞으로 우리나라에 지어질 장애인 예술센터는 어느 산기슭의 동떨어진 곳이 아닌 문화가 살아 숨 쉬는 곳, 비장애인들이 어울려 예술 활동을 하는 그런 곳에 만들어야 한다고 생각했습니다. 예술에서부터 함께 하고 끼워 준다면 이 땅의 장애인들이 더욱 활기차고 보람찬 생활을 할 수 있을 것이기 때문입니다. 이것이 외딴 곳에서 자기들 스스로 활동하는 일본의 예술센터를 보고 온 저의 결론입니다.

다행히 지금 우리나라 최초의 장애인 문화예술센터를 2015년 현재 예술의 중심인 대학로에 만들고 있습니다. 정말 큰 기쁨이 아닐 수 없습니다.

녹색 어머니회에
나가는 아내

　우리 아들 범준이가 초등학교에 입학했을 때의 일입니다. 다행히 학교가 집에서 100여 미터밖에 떨어지지 않아서 철없는 범준이를 안심하고 학교에 보낼 수 있었습니다. 찻길을 건너 학교에 다니는 아이들에겐 그만치 위험한 세상이기 때문입니다.

　그런데 범준이가 학교를 다닌 지 얼마 되지 않아 담임선생님으로부터 전화가 왔습니다. 아내에게 녹색 어머니회에 가입해서 일주일에 한 번 토요일 아침마다 아이들의 등하굣길을 보호해 달라는 것이었습니다.

　아내는 처음에 난감해했습니다. 아직 네 살인 어린 딸 은비를 돌보아야 하는데 녹색 어머니회에 봉사하라니 입장이 난처했기 때문입니다. 다행히 토요일 아침에 두어 시간 봉사하는 것이어서, 집에서 글쓰기를 하는 저는 아내에게 토요일마다 은비를 봐 줄 테니 나갔다 오라고 했습니다. 처녀 적에도 '작은 사랑의 집'이라는 복지시설에 성당 친구들과 함께 나가 자원봉사를 한 경험이 있는 아내는 결국 흔쾌히 녹색 어머니회에 가입하기로 했습니다.

그러나 동네 아주머니들은 그 이야기를 듣고는, 정작 우리 아들 범준이는 길을 건너 학교에 다니지도 않는데 왜 담임선생님이 그런 일을 떠맡겼는지 모르겠다고들 입방아를 찧었습니다. 아내도 그 이유는 납득하지 못했지만 한 반에 6명씩 녹색 어머니회에 가입하도록 되었다는 담임선생님의 말엔 수긍하는 눈치였습니다. 누가 하든 해야 할 일이었기 때문입니다. 일주일에 한 번이라고는 하지만 아침 일찍 나가 차들이 씽씽 달리는 길가에서 교통정리를 하는 일은 결코 쉬운 일이 아니었습니다. 그것이야말로 봉사이기 때문에 하는 것입니다.

봉사라는 것이 무엇일까요? 그것은 바로 어떠한 대가도 없이 자신의 노력과 시간을 투자해 남에게 도움을 주는 것이겠지요. 인간은 기본적으로 남의 도움을 받으며 살아야 하는 존재입니다. 그모든 도움을 돈으로만 계산할 수는 없습니다.

어느 의대에서 신입생을 면접하면서 헌혈을 해 보았느냐는 질문을 했는데 한 학생도 그런 경험이 없다고 했습니다. 이는 참으로 모순적인 행동이 아닐 수 없습니다. 남을 위한 봉사를 안 해본 사람이 어떻게 사회를 위해 봉사하는 일을 한다는 것입니까?

저도 강의실에서 가끔 종교를 믿는 학생들을 조사해봅니다. 대부분의 학생들이 어떤 것이든 종교를 가지고 있었습니다. 하지만 그들에게 남을 위해 봉사를 해본 적이 있느냐고 물어보면 한두 명의 학생만이 그런 경험이 있다고 합니다.

사람 사는 일은 언제나 백 마디 말보다 한 가지 봉사를 해온 사람들에 의해 발전해 왔음을 절감하는 나날들입니다.
이왕 하는 봉사, 즐거운 마음으로 하고 오겠다며 호루라기에 모자를 쓰고 흰 장갑을 끼고 나서는 아내에게 뜨거운 박수를 보낸 아침이었습니다.

교감 좀 합시다

　작년 한 해 저는 전국 초·중·고와 각종 기업, 단체 등을 통틀어 300여 회의 강연을 갔습니다. 그야말로 작가가 직업인지 강사가 직업인지 모를 지경입니다. 하루에 강연 두 번을 하기도 하고, 보름 내내 하루도 안 거르고 연이어 한 적도 있습니다. 물론 그 덕에 휠체어를 타는 제 몸에 무리도 좀 오긴 했습니다.

　한 번은 지방의 어느 학교에서 강연을 하러 강당으로 이동하는데 아이들이 작가가 왔다며 우루루 몰려들었습니다. 말로만 듣던 작가를 만나니 무척 신기한 모양이었습니다. 그런데 그 가운데 한 여자아이가 저를 보자 그만 울음보를 터뜨리고 말았습니다.

　"아앙! 선생님!"

　너무 감격해 그런 것이었습니다. 나중에 알고 보니 그 아이는 그 학교에서 제 책을 가장 많이 읽고 감동을 받아 제가 오기만을 학수고대했다고 합니다. 연예인을 보고 너무 좋아 패닉 상태에 빠지는 청소년들의 이야기는 많이 들었지만 그게 제가 될 줄은 꿈에도 몰랐습니다.

영화, 연극, 뮤지컬 등등의 예술 작품이 사람들에게 감동을 줘야 하는 이유는 바로 그런 감동을 통해 독자들이 자신의 삶을 반추하고, 개선하거나 새롭게 인식하기 때문입니다. 다시 말해 눈물을 흘리고 감동을 받는다는 건 그 예술 작품을 만든 사람과 교감했다는 뜻이겠지요.

교감은 세상을 바꾸기도 합니다. 〈도가니〉 같은 영화가 우리 사회에 미친 영향력을 보면 이는 쉽게 증명이 됩니다.

하지만 어느 예술 작품도 감상하는 사람에게 대놓고 주제를 이야기하지 않습니다. 그저 보여줍니다. 사람들이 스스로 느끼게 만듭니다. 그런데 대놓고 이야기한 것보다 더 큰 감동으로 사람의 마음을 움직이게 합니다. 교감의 힘은 그토록 크고 무서운 것이었습니다.

시어머니가 아프면 머리가 아프고, 친정엄마가 아프면 가슴이 아프다는 우스개가 있습니다. 이 말뜻은 무엇일까요. 시어머니가 그야말로 이성과 논리로 대해야 하는 사람이라면, 친정엄마는 감성과 느낌으로 오래도록 교감한 관계라는 겁니다. 낳아주고 젖을 먹이며 길렀다는 건 그만큼 모녀지간 교감의 폭이 넓다는 의미지요.

그렇다면 교감의 폭은 어떻게 넓혀야 할까요? 막막해 보이는 이 질문의 답은 바로 부모, 형제나 친구들과의 관계를 살피면 알 수 있습니다. 일단은 같이 있는 시간이 많아야 합니다. 일 년에 한두 번 만나는 사이에서 척 보면 느낄 수 있는 교감이 생길 리 없습니다. 그러니 최대한 시간을 공유하려 애써야 합니다. 언제 밥 한번 먹자는 의례적인 인사는 이제 집어치웁시다. 의례적인 인사 대신 언제 어디서 만나자고 약속을 정하는 겁니다. 바빠도 내 시간을 내줄 수 있는 관계에서 교감이 자리 잡기 때문입니다.

그 다음으로는 끊임없이 상대방의 입장이 되어 배려해야 합니다. 밥이나 차는 같이 먹으면서 자기 얘기만 떠든다면 거기에서 교감은 싹틀 수 없겠지요. 무심코 던진 한 마디에 상대방이 상처 입는 경우는 또 얼마나 많습니까. 역지사지의 마음을 가질 때 비로소 교감이 생겨나며 서로 친근해지고 편안해집니다.

마지막은 행동이며 실천입니다. 교감만 하면 무엇하겠습니까. 상대방이 차마 어려워 말 못하는 것을 느낌으로 알았다면 넌지시 그의 속내를 읽고 행동을 해야 합니다. 친정에 어려움을 하소연하러 온 딸이 차마 뭔가 말 못하고 돌아서는데, 어느 친정엄마가 무심하게 그냥 보낼까요. 딸의 보따리에 꼬깃꼬깃 감춘 돈 몰래 찔러주는 일이 바로 교감의 완성입니다. 내 주위의 소중한 사람의 마음을 읽었다면 바로 그를 위한 나의 행동과 실천이 들어가야 하는 겁니다.

저를 보고 울음보를 터뜨린 아이는 강연을 마치고 제게 다가와 정성껏 쓴 편지를 건네주었습니다. 그것은 교감의 증거물이었습니다.

고정욱 선생님 사랑해요!
저는 앞으로 장애인들을 보면 차별하거나 따돌리지 않고
열심히 도와줄 거예요.
좋은 책 많이 써주세요.

수의에는
주머니가 없다

모 그룹 재벌회장이 보낸 승용차의 기사가 집 앞으로 와서 저에게 전화를 걸었습니다. 점심약속이 되어 있었기 때문입니다. 아파트 로비 현관을 나서니 최고급 승용차가 뒷문을 열고 저를 기다렸습니다. 차에 오르자 기사는 정중한 태도로 차를 몰아 회장과의 약속 장소인 강남의 한 식당으로 갔습니다.

이 만남의 사연은 이렇습니다. 어느 기업의 사보에 나눔에 대하여 글을 써서 발표했는데 그 글을 읽은 우리나라 굴지의 재벌회장이 저에게 전화를 해왔습니다. 식사를 대접하고 싶으니 한번 만나자는 거였습니다. 그리하여 저는 있는 줄만 알지 실제로 보거나 만나기 결코 쉽지 않은 재벌회장의 초대를 받아 밥을 먹으러 가게 된 것입니다. 그러면서 저는 일개 장애인에 불과한 나를 재벌회장이 무슨 이유로 보자는 걸까, 생각을 하며 제가 쓴 글을 돌이켜 보았습니다.

 스핑크스라는 이집트의 괴물은 지나가는 사람마다 붙잡고 퀴즈를 냈습니다. 아침에 네 발, 점심에 두 발, 저녁에 세 발인 동물이 무엇이냐고. 그 답은 누구나 다 압니다. 바로 인간입니다. 즉, 아침에 네 발로 기다가 어른이 되어선 두 발로 걷고 마지막 저녁때가 되어서는 지팡이를 짚기에 세 발이 되는 것이었습니다. 이것을 다시 해석한다면 모든 인간은 건강하게 태어났어도, 죽을 때는 장애인으로서 삶을 마감해야 한다는 의미로 해석할 수도 있습니다.

 한 마디로 모든 인간은 장애로부터 결코 자유로울 수 없다는 뜻입니다. 죽는 날까지 건강한 모습으로 살다가 이 세상을 떠날 수 있다고 자신할 수 있는 사람은 아무도 없습니다. 그렇기에 우리에게는 겸손함이 필요합니다. 장애인의 모습이 곧 미래의 내 모습이기도 하기 때문입니다. 나눔을 실천할 이유가 거기에 있습니다. 그런 내용으로 쓴 글을 보고 회장이 연락을 한 거였습니다.

 식사 자리에서 만난 회장은 온화하고 진지한 분이었습니다. 젊은 저의 이야기도 잘 들어주었습니다. 회사에서 관심을 갖고 있는 사회공헌에 대한 이야기를 중심으로 대화가 이루어졌습니다. 저는 '사회 공헌'이라는 말도 마음에 들지 않는다고 말했습니다. 공헌이라 함은 누군가에게 도움을 주고 희생을 했기에 보상을 받아야 하는 느낌입니다.

자원봉사라는 말도 그래서 저는 싫어합니다. 봉사라는 것은 시혜적 의미를 담고 있습니다. 도움을 받는 사람의 입장에서 기분 좋을 리 없는 표현입니다. 그래서 제가 회장에게 제안한 말은 '사회사랑'입니다. 사랑은 대가를 바라지 않기 때문입니다. 그 말을 들은 회장은 고개를 끄덕였습니다. 앞으로 회사에 돌아가서 '사회사랑'을 실천하도록 하겠노라고 약속을 했습니다.

그러고 보니 이 사회에는 도움이 필요한 수많은 사람이 있습니다. 회장에게 저는 말했습니다. 어설프게 사회 공헌을 하는 것보다는, 그 회사에 장애인을 한 사람이라도 더 채용해 달라고.

법적으로 2%의 인원을 장애인으로 고용하게 되어 있는데 그 회사는 1.5%밖에 고용하지 않았습니다. 부족한 0.5%를 채우면 70~80명의 장애인이 더 일할 수 있으며, 그 장애인들이 직장을 갖게 되면 그들에게 딸린 가족 수백 명이 나눔의 혜택을 볼 수 있다고 했습니다.

이러한 이야기를 나누고 헤어져 돌아오면서 저는 곰곰이 생각했습니다.

　내가 가지고 있는 것을 남에게 나눠주고 배려하는 것은 결코 쉬운 일은 아닙니다. 인간은 이기적인 동물이기 때문입니다. 그리고 다가올 미래가 불확실하기에 자신이 갖고 있는 것은 더더욱 손에 움켜쥐고 놓지 않으려 하는 것입니다.

　그러나 조금만 눈을 크게 뜨고 본다면, 우리는 모두 나이를 먹고 약해져 결국 노년에는 모두 장애인 같은 삶을 살게 됩니다. 그리고 어느 순간 내가 가졌던 경제력과 재화는 순식간에 사라질 수 있습니다. 요즘 우리 사회가 고령화 사회가 되고 독거노인 등의 문제가 심각한 것이 그 단초라 할 수 있겠습니다.

　우리들 모두는 나이를 먹어 가고 질병으로 고통을 받습니다. 그러다 보면 가난에서 벗어나기 힘듭니다. 그렇다면 지금 우리가 사는 이 사회의 시스템을 가동해 주변에서 도와주고 손 내밀며 거들수 있도록 해야 합니다. 그것이 바로 조금씩 나누어 주는 나눔과 기부의 문화입니다.

　아직까지 통 크게 기부하는 재벌회장들을 보지 못했고, 기부를 생활화한 지도층 인사도 많지 않습니다. 하지만 늦지 않았습니다. 지금부터라도 기부와 나눔을 실천함으로써 우리가 나중에 그 기

부와 나눔의 혜택을 받을 수 있기 때문입니다. 모든 인간이 노년에는 장애인과 같이 되듯, 우리 모두 지금은 남을 도울 수 있지만 나중에는 도움을 받아야 하는 존재가 아니겠습니까.

식사를 마치고 돌아오는 길에 회장의 운전기사와 이런저런 이야기를 나누게 되었습니다. 나이 지긋한 그는 저에게 한 마디의 명언을 남기는 거였습니다.

"선생님, 수의에는 주머니가 없답니다."

이 세상을 하직하는 그날 우리는 모두 빈손으로 가야 합니다. 어차피 가져가지도 못하는 것을 우리는 너무 많이 끌어안고 있습니다. 제대로 쓰지 못하고 굴욕스럽게 죽느니, 나눔을 실천하며 떳떳하고 홀가분하게 다음 생을 향해 나아가야 합니다.

그 회장님에 그 기사라는 생각이 들었습니다.

죽을 때까지
감사하다

감사는 어린 시절 가장 먼저 배우는 덕목 중 하나입니다. 어린이들이 인사를 배우게 되면 무엇보다 먼저 하는 말이 '감사합니다'인 것만 봐도 알 수 있습니다. 그 이유는 아마도 사람 사는 세상이 감사를 주고받는 관계로 가득하기 때문일 겁니다.

저는 글쟁이로서 살면서 감사를 실천할 방법이 무엇일까 생각해 보았습니다. 글쓰기는 특별히 누군가를 직접적으로 도울 수 있는 능력은 아닙니다. 그런 글쓰기로 제가 최초로 감사를 실천해 본 것은 네 손가락의 피아니스트로 유명한 희아와 인세를 나누었을 때입니다.

초등학교 6학년이던 희아를 만나 그 이야기를 동화로 쓰기로 작정했을 때, 저는 출판사와 이 문제를 논의했습니다. 대개 작가가 이야기를 발굴해 글로 쓰게 되면 출판사는 소정의 금액을 소재 제공자에게 지불하는 게 통례입니다. 그러나 그렇게 하고 나면 나중에 책이 많이 팔리더라도 그 소재 제공자에게는 별다른 혜택이 돌아가지 않습니다. 그 소재를 글로 쓰는 건 전적으로 작가의 몫이기 때문입니다. 작가의 능력과 재능에 의해 책이 팔리고 안 팔리고가 결정되기 때문에, 한 마디로 글은 그 작가의 지적재산인 셈입니다.

하지만 손가락이 네 개이며 무릎 이하로는 다리가 없고, 작은 연립주택에서 살고 있는 희아네 집안 형편을 보아서 알게 된 저로서는 인세를 제가 다 받는다는 것이 무척 부담스러웠습니다. 어떻게든 희아에게도 이익을 나눌 수 있는 방법을 마련해 주고 싶었습니다. 흔쾌히 자신을 이야기 소재로 제공한 희아에 대한 감사의 표시를 더 하고 싶었기 때문입니다.

그래서 제가 만들어낸 아이디어가 희아에게 인세를 나눠주는 것이었습니다. 대개 성인 책 저자들의 경우 책값의 10% 정도를 인세로 받습니다. 하지만 아동물일 경우에는 화려한 컬러 그림이 들어가기 때문에 그 인세를 다 받지 못합니다. 정가의 7% 정도를 받는데 나머지 3%가 그림 작가의 몫입니다. 그래서 저는 관계자들을 설득하기 시작했습니다. 희아 몫의 인세를 나눠주기 위해서였습니다. 제 몫인 7%에서 1%를 내놓아 6%로 조정했습니다. 그리고 그림 작가에게 부탁했습니다.

"이 책은 분명히 감동적이어서 잘 나갈 테니, 1%만 양보해 줄 수 있겠습니까?"

"그러겠습니다. 1%를 양보하겠어요."

자초지종을 들은 그림 작가가 흔쾌히 찬성해서 희아 몫의 인세 2%가 만들어졌습니다. 마지막 남은 것은 출판사였습니다. 출판사 사장에게도 1퍼센트를 만들어 줄 수 있겠냐고 의사를 타진했습니다. 그렇게 되면 작가인 제가 6%, 희아가 3%, 그림 작가가 2%가 되는 것이었습니다. 어떻게 해서든 나눔을 통해서 감사를 표현하고 싶은 제 마음이 통했는지, 출판사 사장도 망설임 없이 오케이 했습니다.

그렇게 해서 만들어진 책이 〈네 손가락의 피아니스트 희아의 일기〉입니다. 이 책은 출간되자마자 베스트셀러가 되었고, 지금까지도 꾸준히 독자들의 사랑을 받는 소중한 책입니다. 결과적으로 모두 조금씩 양보해서 좋은 뜻에 힘을 합치니, 서로가 서로에게 감사하는 아름다운 뜻이 천지신명을 움직여 좋은 결과를 빚어낸 것이었습니다.

그 뒤로 저는 제가 할 수 있는 방법 안에서, 작가가 되고 세상을 위해 봉사할 수 있도록 해준 사람들에게 감사의 뜻을 다각도로 표하려 애를 썼습니다.

그 다음 해 어느 금요일 저녁, 출판사 편집장에게서 예기치 않은 기쁜 전화가 왔습니다.

"선생님 책, 〈가방 들어주는 아이〉가 MBC 프로그램 〈느낌표〉의 '책을 읽읍시다' 코너에 선정되었어요."

한 달 동안 방송에서 이 달의 책으로 홍보해주고 나면 책이 팔린 뒤 인세를 좋은 일에 기부하는 조건이라고 했습니다. 제 책을 그렇게 방송에서 알려주고 많은 어린이들이 읽게 한다는데 무슨 이견이 있겠습니까. 저는 기쁘고 감사해 그 자리에서 그러자고 했습니다.

책은 순식간에 수십만 부가 팔려 나갔고 방송을 통해 계속 알려졌습니다. 전국에 있는 어린이들과 부모님들이 어린이날을 맞이하여 제 책을 구입해 읽었습니다. 그 때문인지 그 책은 지금까지도 꾸준히 사랑받고 있습니다. 추후 출판사와 작가, 그리고 그림 작가가 기부한 두 달치 판매량과 인세는 수억 원이 되었고, 그 돈이 지금은 전국 각지에 있는 '기적의 도서관' 건립기금으로 쓰였습니다. 참으로 감사한 일이었습니다. 저의 작은 재능인 글쓰기를 통해 세상에 조금이나마 좋은 일을 했기 때문입니다.

지금도 가끔 기적의 도서관에 강연을 가면 농담처럼 저는 말합니다.

"제 강연이 이루어지고 있는 이 도서관의 강당 정도는 제 돈으로 지은 것 같아요."

그러면 사람들이 뜨거운 박수를 쳐줍니다. 사회에 감사를 느낀 제가 작게나마 도움을 주었는데 오히려 제가 그들로부터 감사하다는 인사를 받는 것이었습니다. 감사는 정말 바이러스가 퍼지듯 많은 사람들에게 영향을 미치는 것 같습니다.

제가 이 땅에서 받은 감사의 빚을 갚기 위해 인세를 한 권, 두 권 나누다 보니 어느새 30여 권을 기부하게 되었습니다. 신문기자가 찾아와 인세 기부를 가장 많이 한 작가라고 인터뷰를 요청해서 몇 권이나 했나 헤아려 보았더니, 저도 모르는 사이에 인세를 나누고 감사의 뜻으로 그렇게 기부를 했더군요.

얼마 전에 발간된 〈암 탐지견 삐삐〉와 같은 경우는 푸르메 재단에 인세 전액을 기부했습니다. 장애인 재활병원을 짓겠다는 그 재

단의 뜻에 제가 십분 동조했기 때문입니다.

"선생님, 책 한 권의 인세를 통째로 기부해주시면 어떻겠어요?"

어느 날 재단의 백경학 이사가 저를 찾아오더니 제안했습니다. 저 역시 어린 시절 재활병원의 신세를 졌던 사람으로서 병원의 필요성을 늘 절감했는데, 사회로부터 받은 은혜에 그런 식으로 감사 표시를 할 수 있다면 더 좋은 일이 없겠다 싶어 바로 수락했습니다. 그 결과 책의 모든 인세를 기부함은 물론이고, 2차 저작권, 번역권 등까지도 함께 기부했습니다. 출판사도 책 한 권이 팔릴 때마다 500원씩 기부에 동참키로 했습니다. 게다가 그림 작가도 자신의 그림 값에서 선뜻 백만 원을 내 주셨습니다. 참으로 감사한 일입니다.

저는 이 일을 이렇게 비유합니다. 대개 건물을 임대해 주는 사람은 임대료를 받게 되니 그걸로 좋은 일을 할 수 있다, 그러나 나는 아예 건물을 지어서 통째로 준 거라고 말이지요. 이 말을 들으면 사람들은 모두 재미있다고 웃으며 고개를 끄덕였습니다.

이렇게 나눔과 기부와 감사를 생활화하며 살던 저는 작년 연말 고등학교 동창회 추진위원장이 되었습니다. 900명이나 되는 고등학교 동창들을 전부 다 모아놓고 모교에서 잔치를 여는 일이었습니다. 장학금을 모금하고 행사를 준비하는 일에 몇몇 집행부와 함께 혼신의 힘을 다했습니다. 행사가 무사히 끝나고 남는 돈으로 모교에 장학금도 기부했습니다. 마침 친구들도 오랜만에 만난 터라 학교 부근의 맥주집에서 2차를 하게 되었습니다. 수십 명의 친구들이 모여 그동안 수고했다며 저에게 박수를 쳐 주었습니다. 이윽고 한 마디 하라는 친구들의 성화가 이어졌습니다.

"가장 바쁘고 가장 시간이 없는 고 작가가 왜 추진위원장을 맡아서 돈 모아 기부도 하고 여러 가지 일에 신경을 썼어?"

그때 저는 이렇게 대답했습니다.

"내가 이렇게 작가가 되고 사회에 기부를 하며 나눔을 실천할 수 있었던 건 다 내가 이 사회에 받아들여졌기 때문이야. 너희들이 맨날 내 가방을 들어주고, 업어주고, 심부름 같은 걸 해줘서 내가 학교를 무사히 다닐 수 있었잖아. 아무리 생각해도 그 은혜를 갚을 길이 없더라고. 이렇게라도 동창회를 만들어 친구들의 반가운 얼굴을 보고 즐거운 시간을 보내면 너희들의 선행에 조금이라도 감사의 뜻을 표하는 게 될 것 같았어. 그래서 이 모임을 추진했는데 성공적으로 마무리되어서 너무 기쁘다. 정말 고맙다."

몇몇 동창생들은 제 말에 눈물을 글썽였습니다. 자신들은 별 생각 없이 저를 도와주었고 친구로서 함께 지냈을 뿐이라는 것이었습니다. 그렇게 감격적인 분위기로 숙연해졌을 때 악동 기질을 가진 저는 마지막으로 한 마디를 더했습니다.

"그렇다고 너희들, 작가의 말을 백 프로 곧이곧대로 믿지는 마!"

"아하하하!"

그 순간 맥주집에 박장대소가 터졌습니다. 분위기는 금세 다시 화기애애해졌습니다.

저의 사회에 대한 감사의 나눔이 인정받았는지 보건복지부에서 시행하는 '이달의 나눔인 상'의 첫 수상자가 되었습니다. 장관이 주는 상을 받고 유명한 연예인들과 함께 사진을 찍으면서 내가 살아온 인생이 결코 헛되지 않았다는 사실을 다시금 깨달았습니다.

우리는 어린 시절 어머니에게서 배운 감사의 인사말을 죽는 날까지 해야 합니다. 가급적 아주 많이, 그리고 자주.

또한 감사는 말로만 하는 것이 아니라 행동과 나눔으로 실천해야 한다는 사실을 다시 한번 깨달아야 합니다. 그것만이 더불어 살아가는 아름다운 사람들의 세상으로 만드는 지름길이기 때문입니다.

어린이를 두고 가니
잘 부탁해

지방의 어느 작은 학교에서 강연을 마쳤을 때 한 어린이가 제게 질문을 했습니다.

"선생님은 어느 때가 가장 보람 있으세요?"

그 질문을 받으니 저의 뇌리에 방정환 선생님이 자연스럽게 떠올랐습니다. 지금은 제가 일 년에도 수백 회 전국으로 강연을 다니는 인기 강사가 되어 어린이들을 거의 매일 만나고 있지만, 과거 식민지 시대에는 방정환 선생님이 이러한 역할을 했습니다.

그 당시 방정환 선생은 잡지 〈어린이〉를 만들고 어린이들에게 교양을 전파하기 위해 무료로 배포한다고 했습니다. 하지만 정작 신청한 아이는 조선에서 여덟 명에 불과했습니다. 일제의 식민지 수탈로 하루하루의 삶이 급급했기에 어린이들이 잡지를 구독할 정도의 문화도 이 땅에는 없었던 것입니다.

선생은 이런 문화적 현실에 온몸으로 저항했습니다. 책으로 안 되면 몸으로 때우겠다는 신념으로 전국을 다니며 강연을 하고, 구연동화를 들려주었습니다. 그러면서 잡지를 알리고 보급하게 되었으니, 이는 색동회를 만들고 조선소년연합회 운동을 하는 탄탄한 기틀이 되었습니다. 선생의 이러한 노력 덕분에 어른들의 관심사에서 밀려나 있던 어린이들은 오늘날 가정의 중심이며 미래의 꽃이 되었습니다. '어린이'라는 존재가 우리에게 본격적으로 알려진 것은 바로 방정환 선생 덕분이라고 해도 과언이 아닙니다.

지금 서점에 가득한 수많은 창작동화와 그림책들을 보면 정말 감회가 새롭습니다. 선생과 같이 헌신한 선각자가 있었기에 오늘날 어린이 문화가 우리나라에서 이렇게 꽃을 피운 것이기 때문입니다.

선생과 저를 비교해보면서, 나는 과연 목숨 바쳐 아동문학과 어린이를 위해 노력하고 있나 하는 반성을 하게 됩니다. 장애인으로서 평생을 살고 있는 제가 살면서 겪은 모든 차별과 편견은 저로 하여금 아동문학을 하게 만들었습니다. 그리하여 지금은 장애를 주인공으로 한 작품을 써내고 독자들의 사랑을 듬뿍 받고 있습니다.

어린이 독자들을 강연에서 만나고 그들과 대화를 나누는 일은 곧 저의 뜻을 펼치는 일이기도 합니다. 이 땅의 장애인들이 더 이상 차별과 편견을 받지 않고 선입견에 의해 예단되지 않기를 바라는 마음이 바로 그것입니다. 미래의 주인공이 될 우리 어린이들에게 장애의 이야기를 들려주고 저의 모습을 보여주는 것은 곧 미래 세상을 바꾸는 것과 같습니다. 어렸을 때 받은 한 장애인 작가에 대한 신선한 감동이 평생 지워지지 않고, 그 아이들의 뇌리에 남을 거라 믿기 때문입니다.

비록 지금 어린이들이 주역이 되는 미래 세상에서 저는 그 혜택을 누리지 못하겠지만, 제 뒤에 오는 후배 장애인들은 더불어 사는 좋은 세상을 누리며 살 수 있으리라 생각합니다.

방정환 선생의 신념도 바로 그런 것이었으리라 봅니다. 학생운동을 하다 체포될 뻔한 위기를 겪기도 하고, 지독한 가난에서 고통 받기도 한 그는 우리나라 어린이들이 얼마나 힘든 삶을 살고 있는지를 깨닫고 있었습니다. 선생은 조선의 어린이들이 누릴 만한 기쁨이 없기에 결국 자기 자신이 직접 뛰어들어 문화를 꽃피웠습니다. 비록 식민지 현실 속 저항과 투쟁에는 여러 가지 어려움과 난관이 있더라도, 그가 가르치는 어린이들이 훗날 나라의 주인이 되면 해방의 그날을 맞으리라는 일념으로 그는 자신의 일을 했습니다. 어린이들에게 투자함으로써 결국 미래를 자기 것으로 만든다는 신념이 있었기에 선생은 구연동화나 강연 요청에 먼 길을 마다하지 않고 달려갔던 것입니다.

기록에 의하면 선생이 입을 열어서 구연동화를 시작하면 청중들이 웃고 우는 일은 아무 것도 아니었다고 합니다. 뚱뚱한 그가 여자 목소리를 낼 때는 뚱뚱한 여자로 보이고, 괴물 목소리를 낼 때는 괴물로 보였다고 합니다. 아마도 구연동화에 있어서는 달인이 아니었나 싶습니다. 그렇게 선생을 한 번 만나고 그의 이야기를 한 번만 들으면 누구나 팬이 되고, 추종자가 되면서 그가 쓴 책과 잡지를 탐독하지 않을 수 없게 되었던 모양입니다.

어린 시절에 선생의 그러한 이야기를 책으로 읽었지만 저는 제가 동화작가가 될 줄은 꿈에도 몰랐습니다. 요즘 이렇게 강연을 다니고 어린이 친구들을 만나면서 문득 떠오르는 생각은 그것입니다.
방정환 선생이 살아 계셨다면 한번 선생과 겨뤄봤으면 좋을 텐데 하는…….

보람을 느끼는 때가 언제냐는 어린이의 질문에 저는 이렇게 대답했습니다.

"어린이 여러분들을 만나 대화를 나누고 내 책을 소개하는 게 나에게는 가장 큰 보람이에요."

선생은 자신의 모든 인생을 던져서 어린이 운동에 앞장섰습니다. 가난한 집안의 아들이었고 몸도 좋지 않았지만, 열정을 바쳐 출판 활동과 잡지 발간에 전력을 다했습니다. 그렇게 과로하다 고혈압과 당뇨병으로 쓰러져 숨을 거둘 때 방정환 선생은 이렇게 말했습니다.

"어린이를 두고 가니 잘 부탁해!"

선생이 부탁한 어린이들에게 나는 과연 꿈과 희망을 심어주고 있는가, 목숨을 바쳐 아동문학에 투신하신 선생만큼 나도 최선을 다하고 있는가, 늘 반성하고 있습니다. 저의 롤 모델인 방정환 선생이 우리 마음속에 살아있는 한, 이 땅의 어린이들은 행복할 것이고 더욱더 나은 미래가 우리 앞에 기다리고 있을 것입니다.

모두를 행복하게 하는
유니버셜 디자인

지방강연을 많이 다니는 저는 KTX를 주로 이용합니다. 부산을 다녀온 어느 날, 서울역 소속의 공익요원이 기차에서 내린 저의 휠체어를 밀고 엘리베이터로 향했습니다. 엘리베이터 앞에 도착하니 지팡이 짚은 노파와 무거운 가방을 든 승객들, 그리고 유모차를 밀고 가는 아주머니에 배가 부른 임산부까지 다양한 사람들이 자신의 차례를 기다리고 있었습니다. 엘리베이터가 충분히 넓지 않아 한 번에 다 탈 수 있을 것 같지가 않았습니다.

이윽고 문이 열렸습니다. 제가 들어가고 지팡이 짚은 할머니와 유모차를 미는 아주머니, 그리고 임산부까지 올라타자 엘리베이터는 꽉 찼습니다. 무거운 가방을 든 승객은 다음 차례를 기다리는 수밖에 없었습니다.

서울역에는 계단도 있고 에스컬레이터도 있으며, 엘리베이터도 있습니다. 이 가운데 모든 사람이 가장 편리하게 이용할 수 있는 것은 단연 엘리베이터입니다. 한 마디로 엘리베이터는 유니버셜 디자인 제품인 것입니다.

장애인, 비장애인, 남녀노소를 다 포함해서 하나의 시설을 이용할 수 있을 때 우리는 그것을 유니버셜 디자인 시설이라고 합니다. 조금 어렵게 말하자면 다양한 사람들의 개성과 조건에 대해 바르게 이해하고 존중해주는 것이 유니버셜 디자인의 근본 정신입니다.

매년 봄 장애인의 날이 돌아옵니다. 일 년에 단 하루 장애인의 날을 정해 놓은 이유가 나머지 날이 비장애인의 날이기 때문이라는 우스개도 있지만, 장애인에 대해 상기시키고 그들의 고통과 어려움을 잊지 말자는 의미이기도 할 것입니다. 대개 장애인을 차별하면 안 되고, 편견과 냉대로 대하지 말자는 말들은 많이 합니다. 학교에서도 이를 교육하며 캠페인으로 부르짖습니다. 그러나 구체적인 각론에 들어가서는 무엇이 장애인을 위한 것인지 잘 알지 못합니다.

사실 장애의 정의는 끊임없이 확산되어 왔습니다. 애초의 개념은 신체적인 손상을 뜻하는 것이었습니다. 그리고 **1990**년도에 장애인에 대한 개념을 세 가지 면에서 파악하게 되었습니다. 손상과 활동의 장애에 참여의 차원을 하나 더 얹었습니다. 그리하여 모든 사람에게 이 세 가지 기준을 적용했을 때 하나라도 장애가 있는 사람을 장애인이라 부르게 된 것입니다.

몸이 멀쩡해도 다른 문제로 사회적인 역할을 수행하지 못한다면 장애인인 것이고, 살아가면서 어떤 문제가 발생하는 사람도 다 장애인이 되는 것입니다. 한 마디로 정의하자면 우리가 사는 세상에서 여러 가지 방식으로 제한을 느끼는 사람은 장애인이라고 봐야 합니다.

엘리베이터를 탔던 사람들은 모두 그런 면에서 장애인입니다. 그래서 지팡이 짚은 노파는 엘리베이터를 고마워했습니다. 물론 저는 휠체어를 탔기에 엘리베이터가 아니면 이동할 방법이 없습니다. 배가 불러 몸이 무거운 임산부의 경우 위험한 에스컬레이터가 아닌, 엘리베이터를 탔기에 편안하고 안전하게 목적지로 갈 수 있습니다.

뿐만 아니라 유모차를 미는 아기 엄마도 에스컬레이터나 계단을 오를 수는 없습니다. 만일 엘리베이터가 없었다면 모두 이 사회에서 장애를 느끼며 불편을 겪어야 할 사람들이었습니다. 다양한 사람의 개성과 조건을 이 사회가 고루 만족시키지 못했기 때문입니다.

불편함을 발견해내고 누구나 편리하게 사용할 수 있도록 개선하는 것이 유니버셜 디자인의 첫걸음입니다. 높은 진열장은 어린이들이나 저신장 장애인이 물건을 꺼낼 수 없습니다. 그들을 배려할 수 있는 대책이 있어야 합니다. 뿐만 아니라 버스 노선도에 글자를 깨알같이 써 넣어서 눈이 불편한 사람이나 노안이 온 사람이 알아보지 못하게 하는 것도 유니버셜 디자인의 정신을 어긴 것입니다. 마찬가지로 버스 승차대의 옆면을 광고로 막아, 오는 차를 보려고 목을 내밀다가 교통사고가 난다면 그 역시 사람을 다치게 하는 디자인입니다.

뿐만 아니라 의자가 너무 높거나 너무 낮아도 곤란합니다. 낮은 의자도 준비하고, 기댈 수 있는 곳을 만들어 준다면 무릎관절이 안 좋은 노인들에게 편안한 의자가 됩니다. 경기장이나 공연장에 갔을 때 장애인석을 마치 귀양 보내듯 따로 떼어 놓는 것도 문제입니다. 온 가족이 공연이나 경기를 함께 편안히 관람할 수 있도록 배려하는 마음이 필요합니다.

한편 버스나 기차를 설계할 때 장애인들까지도 편안하게 탈 수 있도록 바닥을 낮추거나 경사로를 장착하는 것은 유니버셜 디자인의 마음입니다. 복잡한 쇼핑몰에서 한눈에 목적지를 찾을 수 있도록 표지판을 설계하는 것이라든가, 화장실을 모든 사람이 불편하지 않게 이용할 수 있게 해 주는 것, 그리고 각종 지도나 약도를 알아보기 쉽게 만들어주는 배려심, 이 모든 것이 바로 유니버셜 마인드입니다.

장애인을 특별히 차별하거나 따돌리지 않는다고 하더라도, 무심히 비장애인이나 특정 계층의 눈높이에 맞추어 행동하거나 물건을 만드는 행위가 바로 차별을 불러일으킬 수 있음을 명심하고 모두가 함께 하는, 모두를 위한 세상을 만들겠다는 마음을 가져야 합니다.

"엘리베이터는 참 고마운 것이여!"
엘리베이터를 탔던 사람들이 각자의 목적지를 향해 흩어질 때 지팡이 짚은 노파가 한숨 쉬듯 말했습니다.
그 말이 맞았습니다.

지금 지하철을 타는
행복한 당신에게

저는 평생에 지하철을 딱 다섯 번 타봤습니다. 아마도 자신이 지하철을 이용한 횟수를 정확히 기억하는 사람은 거의 없을 것입니다. 그러나 저는 생생하게 기억합니다. 제가 장애인이기 때문입니다. 목발이나 휠체어를 타야만 이동이 가능한 저에게 지하철은 정말이지 난공불락의 요새입니다.

요즘 짓는 지하철역에는 엘리베이터나 리프트가 있지만 옛날 역은 장애인이 없던(?) 시절에 지었는지 편의시설이 전혀 갖춰져 있지 않습니다. 우리 사회의 가장 큰 코미디가 뭔지 아십니까. 그건 바로 장애인의 지하철 이용료가 무료라는 점입니다. 이보다 더한 넌센스가 어디 있단 말입니까. 아마도 우리의 지하철은 비싼 엘리베이터나 리프트 대신 지하철 요금을 탕감해 주는 것으로 때

우려는 것 같습니다. 이건 마치 외계인에 한해 지하철 이용 시 1억 원을 준다는 것과 마찬가지 논리입니다.

　가끔 사고로 장애인들을 저승으로 보내는 일등공신 역할을 하는 리프트도 문제입니다. 이것이야말로 전시행정의 표본입니다. 엘리베이터를 설치하려면 몇 억 원의 예산이 드니까 차선으로 선택한 것이 이 리프트인데 이게 아주 애물단지입니다. 수동 휠체어를 타는 사람만 탈 수 있도록 설계된 것이어서 그 안전성에 문제가 있습니다.

　아이러니컬하게도 수동 휠체어를 타는 대부분의 사람들은 지하철을 이용할 수 없습니다. 그 긴 동선(動線)을 팔 힘만으로 이동한다는 건 불가능하기 때문입니다.

　결국 지하철을 이용하는 사람의 80~90%는 전동 휠체어를 이용하는 중증 장애인이 될 수밖에 없습니다. 그들은 지하철을 이용해 서울 시내 어디든 다닐 수 있는 사람들입니다. 그런데 현재의 리프트는 전동 휠체어의 무게를 감당할 수 있도록 설계된 것이 아닙니다. 그러니 사고가 날 수밖에 없습니다.

　그러면 사람들은 말할 것입니다.

　장애인들이 왜 쓸데없이 나돌아 다니냐고. 혹은 왜 위험하게 타지 말라는 리프트나 지하철을 타려 애쓰냐고.

그런 생각을 하는 사람은 시각을 바꿔야 할 필요가 있습니다. 지하철을 비롯한 사회간접자본의 목적이 무엇인가요. 가능한 한 많은 사람이 편안하게 이용하는 것이 그 지향하는 바입니다. 그렇다면 장애인들이 이용하지 않는 지하철이 맞는 걸까요, 이용하는 지하철이 맞는 걸까요? 마찬가지로 장애인이 지하철역으로 리프트를 타고 내려가다 추락사하면 그건 장애인의 잘못일까요, 엘리베이터를 설치하지 않은 철도 당국의 잘못일까요?

이런 이유 때문에 지금도 수많은 장애 동지들은 지하철을 타고 싶다고, 버스를 타고 싶다고 목에 쇠사슬을 걸고 투쟁에 나서는 것입니다. 만원에 시달리는 지하철, 참사가 일어날 수도 있는 지하철, 지옥철로 불리기까지 하는 그 지하철을 타고 어디든 남의 도움 없이 혼자 힘으로 가는 것, 그것이 우리 장애인들에겐 크나큰 염원이고 갈망입니다.

혹 장애인들이 지하철을 점거하고 운행을 방해해 불편을 끼치더라도 너그러운 마음으로 양해하시기 바랍니다. 장애인들은 어린이가 놀이공원에서 보이는 대로 놀이기구를 타보겠다고 떼쓰는 것처럼 지하철을 이용하겠다는 것이 아닙니다.

84

지하철을 타고 비장애인들처럼 학교에 가고 싶고, 직장에 출퇴근하고 싶고, 사랑하는 사람을 만나고 싶다는 것입니다. 인간의 기본적인 권리를 지하철은, 아니 이 세상은 장애가 있다는 이유만으로 짓밟고 있습니다. 장애인도 인간입니다.

　그렇기에 친구들에게 업혀서 몇 번 타본 지하철의 아련한 기억은 아직까지 저에게 행복한 추억으로 남아 있는 것입니다.
　당신은 비록 지긋지긋할지 모르지만…….

장애인은
구경거리가 아냐

　전국 각지 학교나 도서관, 사회단체 등에서 하는 강연에서 제가 하는 이야기들은 거의 비슷합니다.

　대개 '더불어 사는 세상을 위하여' 라는 강의 주제에 맞춰 강연을 하게 됩니다. 휠체어를 탄 제가 무대에 올라가 마이크를 잡으면 사람들은 일단 눈이 휘둥그레집니다. 당당한 표정의 환한 얼굴로 청중을 제압(?)하기 때문입니다. 여느 장애인에게서 흔히 보이는 우울한 모습이 아닌 것이지요.

　강의 앞머리를 열면서 저는 가끔 묻습니다.

　"안경을 쓴 사람은 장애인인가요, 장애인이 아닌가요?"

　장애인이라고 하는 사람도 있고, 장애인이 아니라고 하는 사람도 있습니다. 사실 안경 쓴 사람은 시력이 나빠진 것이기 때문에 장애인이 맞습니다. 지금이 원시 시대라고 가정을 하면 아마 눈 나쁜 사람이 제일 먼저 적에게 죽임을 당할 것입니다. 가까운 데, 먼 데를 구분하지 못해서 위험한 짐승이나 적이 다가와도 미처 깨닫지 못하기 때문입니다.

하지만 우리가 안경 쓴 사람을 장애인이라고 여기지 않는 이유는 딱 두 가지입니다.

그 첫째는 안경이라는 아주 간단한 보장구만으로 시력 저하의 약점을 이겨내고 문제없이 생활할 수 있기 때문입니다.

또 하나의 이유는 안경 쓴 사람이 너무 많기 때문입니다. 인구의 반에 가까운 사람이 안경을 쓰고 있을 정도입니다. 그러니 안경 정도 쓴 것은 문제가 되지 않습니다. 요즘엔 또 멋으로 안경을 쓰는 사람이 얼마나 많은가요. 과거에는 눈 하나인 사람만 사는 마을에 눈이 두 개인 사람이 가면 장애인이라는 우스갯소리가 있었습니다. 이는 과거 안경이 귀하던 시절, 안경 쓴 사람을 목사라고 놀렸던 것만 봐도 알 수 있습니다.

저 역시 어린 시절부터 남의 시선을 수없이 느끼며 살았습니다. 지금도 그렇게 살고 있으며, 앞으로도 마찬가지일 것입니다. 요즘이야 장애인들이 그래도 많이 세상에 나와 돌아다니기 때문에 구경거리가 덜 되지만, 제 어린 시절에는 정말 장애인이 한번 거리에 나서면 구경하는 사람들로 인산인해가 될 지경이었습니다. 초등학교를 다니면서 저는 처음 보는 아이들의 놀림과 시선을 계속 받아야만 했습니다. 어머니가 저를 업고 가면 지나던 할머니들이 꼭 한 마디씩 했습니다.

"왜 업혀 다니냐?"

"인물은 훤한데 다리가 아픈 모양이네. 쯧쯧!"

이것은 거의 매일 벌어지는 풍경이었습니다.

중고등학교에 진학하니 단체기합이라는 것이 있었습니다. 한 아이가 잘못하면 전 학급이 벌을 받는 지극히 비합리적인 벌이었습니다.

"운동장으로 모두 모여!"

모든 아이들이 운동장으로 튀어나갈 때 저는 제자리에 앉아 있어야만 했습니다.

"너는 왜 안 나가?"

선생님의 그런 질문을 받으면 저는 정말 굴욕스럽게 대답할 수밖에 없었습니다.

"저는 다리가 불편해요."

전들 나가서 뛰고 싶지 않고, 아이들과 똑같이 벌을 받고 싶지 않았겠습니까. 그러지 못하기에 답답했습니다.

이렇게 단체기합 때마다 어김없이 내가 장애인이라는, 잊고 있
던 사실을 깨달아야만 합니다.

대학교 입학식 날이었습니다. 공식 행사가 끝나자 갑자기 무대
위에서 마이크를 잡은 교직원이 대학 교재를 나눠줘야 한다면서
이렇게 말하는 거였습니다.

"자, 입학식 하는 동안 서 있느라고 여러분 고생했죠? 모두 제
자리에 앉아!"

그 순간 수천 명의 대학생들이 일제히 자리에 앉았는데, 목발
을 짚은 저 하나만 광장에 우뚝 서 있었습니다. 저에게 쏟아진 그
모든 시선들. 하지만 어쩔 수 없었습니다. 대학에 와서까지 그런
시선을 받아야 하다니. 결국 5분여의 시간을 저 혼자 서서 꿋꿋
이 버틸 수밖에 없었습니다. 대학엔 또 다른 단체기합이 있던 셈
입니다.

장애인들을 만나서 가장 큰 상처를 입는 것이 무엇이냐 물어보
면 다른 사람들의 시선이라고 합니다. 동물원 원숭이 보듯 쳐다보
는 시선. 어린아이들이야 그럴 수 있다지만, 어른들까지도 장애인
이 길에 다니면 쳐다보느라 목이 돌아갈 지경입니다. 씩씩한 제

아내조차도 저와 함께 길을 다니면 사람들이 힐끔거리며 쳐다보는 그 시선이 견디기 어렵다고 했습니다. 누군가 말했습니다. 사람들이 쳐다보는 시선들 안에 지옥이 있다고…….

물론 저는 이미 50여 년의 세월 동안 사람들의 그런 시선을 받은지라 거기에 익숙해져 있습니다. 그래서 저는 더 많은 장애인들이 거리에 쏟아져 나와 자유롭게 활보하면, 장애인을 그렇게 신기한 구경거리 보듯 하는 사람들이 줄어들 것이 분명하다고 믿습니다. 하루에도 수십, 수백 명의 장애인을 보는데 누가 그걸 신기하게 여기겠습니까. 하지만 편의시설과 교통시설이 부족한 우리나라의 상황에서 단기간 내에 많은 장애인들이 자유롭게 활동한다는 것은 결코 쉽지 않은 일입니다. 사회의 전반적 수준이 총체적으로 높아져야 가능한 일입니다.

그렇다면 당장 실현 가능한 방법은 무엇일까요. 장애인이 나타났을 때 그들이 나의 무심한 시선에 고통 받는다는 사실을 인지하는 것입니다. 시선만으로도 어떤 사람을 지옥에 있는 느낌이 들게 만든다는 사실을 대개의 사람들은 잊고 있습니다. 그깟 시선이 대수냐고 여길지 모르지만, 사실은 그렇게 보는 것이 가장 무서운 고문임을 알아야 합니다. 장애인들을 의식적으로 외면하며 지나가는 것, 그게 진정한 배려입니다.

물론 곤경에 빠지고 도움을 원하는 장애인에게 다가가서 어려운 점을 물어봐 주는 것은 당연히 필요합니다. 그러나 혼자서 아무 문제없이 자기 갈 길을 가는 장애인을 끝까지 따라가며 쳐다보는 것은 그 장애인을 두 번 죽이는 행동임을 결코 잊지 않았으면 좋겠습니다.

제가 강연을 열심히 다니는 이유도 그것입니다. 저와 같은 장애인을 어린이들이 많이 겪고 접하다 보면, 또 저의 이야기를 듣다 보면 그 아이들이 커서 주인이 되는 20년, 30년 뒤의 세상은 분명 장애인들에게 지금보다 더 나아진 세상이 되리라 믿기 때문입니다. 장애인이 스스럼없이 돌아다니는 세상, 그것이 비장애인들에게도 편안하고 안락한 세상이라고 저는 믿습니다. 장애인을 위한 편의시설은 비장애인을 위해서도 유용한 것들이기 때문입니다.

장애인을 구경거리 보듯 쳐다보지 않는 것, 지금 당장 우리가 실천할 수 있는, 더불어 사는 세상의 아주 쉽고도 기초적인 출발점입니다.

2장 그대, 기다릴 자격이 있는가

그녀는 힘들고 강파른 삶의 고개를
숨이 턱에 차도록 올라, 간신히 한숨을 돌린
나그네의 눈에 띈 풀섶의
원추리 꽃 같은 여인이었습니다.
온갖 화사한 치장과 드러냄과 표현함에 익숙한
여인들 사이에서, 그녀의 자태는 전혀 드러나지 않는
그것이었고 그 드러나지 않음이
그녀의 아름다움이었습니다.

교과서
싸는 날

　3남 1녀의 장남인 저는 1960년대 후반 초등학교에 입학해 학교를 다녔습니다. 먹고살기 힘들던 시절, 군인이던 아버지는 당시 한창이던 월남전에 참전했습니다. 어머니가 혼자 살림을 하는데, 초등학교 2학년인 저는 밑으로 동생이 셋이나 있었습니다. 더구나 막내는 이제 갓 돌을 넘긴 갓난아기였습니다.

　어린 시절 어머니는 저를 업어서 매일 학교를 오갔습니다. 학교에서 집으로 와 보면 집안은 마치 폭탄 맞은 것 같았습니다. 동생들 셋이 어질러 놓아 온통 엉망이었던 것입니다. 어머니와 식모 누나, 둘이 감당하기엔 너무 버거웠습니다. 아이들은 닥치는 대로 어질렀고, 함부로 나뒹굴었고, 집안과 바깥을 들락날락하며 먼지를 일으켜 쑥대밭을 만들었습니다.

너그러운 품성을 가진 어머니는 아이들이라면 당연히 그러려니 생각하고 별다른 책망을 하지 않았습니다. 그러다 보니 집안에는 기저귀가 휘날리곤 했고, 막내는 똥오줌을 수시로 싸대며 울어젖혔습니다. 엄마가 막내를 키우느라 정신이 없는 와중에 철없는 둘째, 셋째는 마구 물건을 어지르고 물건을 제자리에 놓는 법이 없었습니다.

저는 가장 조용하다고 생각하는 건넌방으로 들어가 가방을 열었습니다. 오늘은 새 학년 새 학기 시작일이라 학교에서 교과서를 잔뜩 받아 집에 가져왔습니다. 국어, 산수, 사회, 자연……. 책을 펼쳐 냄새를 맡으면 잉크 냄새가 무척 향기로웠습니다. 삽화를 들여다보면서 저는 가슴 뿌듯했습니다. 아침에 선생님께서 책을 나눠주면서 하시던 말씀을 생각했습니다.

"집에 가서 교과서 표지를 꼭 싸도록 해. 달력이나 두꺼운 종이로 싸는 게 좋다."

"네!"

아이들은 알림장에 '교과서 싸기'라고 썼습니다.

당시에는 새 학기 교과서를 받으면 겉표지를 싸는 게 일이었습니다. 요즘처럼 종이가 질기거나 좋지 않았던 시절, 교과서는 한 학기 동안 아이들이 가방에 넣고 다니면서 공부하기에는 내구성이 많이 떨어졌습니다. 그러니 표지를 싸는 것이 필수였습니다.

그렇게 교과서를 싸기 위해 준비를 해야겠다고 생각하는데, 막내가 엉금엉금 기어 들어와 또 방안에서 오줌을 쌌습니다.

"엄마! 정호가 오줌 쌌어요!"

걸레로 오줌을 닦으며 저는 엄마에게 외쳤습니다. 엄마는 지친 얼굴로 달려와 동생을 번쩍 안아 찬물에 엉덩이를 마구 씻깁니다. 따뜻한 물이 늘 준비되어 있던 시절이 아니었기에 돌잡이의 엉덩이도 엄마는 그냥 찬물로 씻었습니다.

그게 오히려 건강에 더 좋았을지도 모릅니다. 엉덩이가 찬물로 푸르뎅뎅해진 녀석에게 엄마는 기저귀를 채우고 허리에 고무줄을 둘렀습니다. 노란색 고무줄로 기저귀를 차고 바지를 입은 뒤 막내는 또 방안 구석 여기저기를 돌아다닙니다. 엄마는 바닥의 물건을 치우기 바쁩니다. 주위에 있는 아무거나 집어 입으로 가져가기 때문에 늘 조심해야 했습니다.

동생들이 마루와 안방, 부엌까지 드나들며 떠들 때 저는 건넌방 문을 닫고 들어앉아 교과서를 펼쳤습니다. 드디어 나에게 읽을거리가 생겼기 때문입니다. 어려서부터 책을 좋아했던 저는 교과서도 받아오면 그날로 다 읽어야 직성이 풀렸습니다. 교과서는 한마디로 재미나는 새 책일 뿐이었습니다.

일단 국어책부터 펼쳤습니다. 각종 문학 장르가 소개되는데 동시, 동화, 각종 이야기들이 저는 그렇게 재미있을 수가 없었습니다. 게다가 교과서는 깔끔한 활자와 올바른 철자법으로 가장 모범되는 책이 아닙니까. 읽기도 편리했습니다. 동화책은 글씨도 작고 그림도 흑백이 대부분이었지만 교과서는 컬러였습니다. 조악한 수준의 인쇄였어도 그림에 색이 칠해져 있어 훨씬 생생한 느낌을 주었습니다.

정신없이 국어를 다 읽고 나면 사회, 자연……. 닥치는 대로 읽었습니다. 장애를 갖고 있는 저는 어려서부터 밖을 돌아다니지 못했기에 활자중독증 수준으로 책을 좋아했습니다. 읽은 책을 읽고 또 읽는 와중에 이렇게 새 책인 교과서가 왔으니 얼마나 기쁘던지요.

교과서를 다 읽을 무렵 엄마에게 물었습니다.

"엄마, 작년 달력이 어디 있어요?"

3월이었기에 작년 달력은 어딘가 방구석에 박혀 있을 것이었습니다. 아니, 당시에는 달력 같은 좋은 종이를 그냥 버리는 건 상상도 할 수 없는 일이었습니다. 뭔가 소중한 데에 쓰거나, 하다못해 잘라서 뒷면을 메모지로 쓰기도 했습니다.

"다락에 있다."

다락에 올라가보니 그 당시엔 최고급 종이인 흰 아트지에 인쇄된 달력이 있었습니다. 고이 가지고 내려와 책을 거기에 대고 접기 시작합니다. 이런 달력으로 책을 싸는 건 가장 이상적입니다. 다른 아이들을 보면 모조지나, 사료포대로 싸서 오기도 합니다. 신문지로 싸오는 아이도 있는데 그런 책은 며칠 가지 못하고 다 찢어지는 걸 보았습니다.

책표지를 싸는 방법은 이러했습니다.

책보다 넉넉하게 마름질을 해서 교과서 표지를 대고 모서리를 접어 넣은 후 단단하게 풀칠을 하면 됐습니다. 한권씩 정성껏 각을 잡아 쌌습니다. 걷지 못하기에 손으로 방안을 기어 다니던 저인지라 손재주가 제법 있었습니다. 딱딱 맞춰서 각을 접고 손톱으로 접은 부분을 눌러주면 야무지게 책표지 싸기가 완성되었지요. 책표지를 싸면서도 표지 안의 그림과 내용을 읽어 내려갔습니다.

모두 다 재미있었습니다. 새 학기가 되어서 이 책에 있는 내용을 공부할 생각을 하니, 가슴도 약간 설레고 기분이 좋았습니다.

옆에는 새로 준비한 새 학년 노트가 기다리고 있었습니다. 노트도 과목별로 문방구에서 샀습니다. 무제 노트엔 과목 이름도 적었습니다.

이런 신기한 장면을 극성스러운 동생들이 놓칠 리 없습니다. 어느새 몰려와 구경했습니다.

"오빠 뭐해?"

"어, 책표지 싸."

"와! 나도 해볼래!"

"안 돼, 안 돼! 위험해."

칼과 가위, 풀 등을 보고 동생들은 장난치고 싶어 했지만 저는 엄하게 막았습니다. 다치면 큰일이기 때문입니다. 오후 내내 깨끗하게 달력 뒷면으로 하얗게 싼 교과서에 제목을 적었습니다. 국어, 산수, 사회, 자연 그리고 제 이름도 적었습니다.

이렇게 깨끗이 싸 놓으면 한 학기 내내 공부해도 표지가 떨어지지 않습니다. 그리고 정말 신기한 건, 나중에 한학기가 끝난 뒤 포장지를 뜯어보면 벗겨진 표지는 완전히 새 것이라는 사실입니다. 당연한 건데 그땐 그것이 그렇게 신기할 수가 없었습니다. 본문은 때가 끼고 밑줄을 치느라 찢기기도 해 지저분하지만, 겉표지만은 깨끗이 보존되니 그랬습니다.

그렇게 시간을 보내던 중 어느새 해가 저물었습니다. 엄마가 안방에서 밥상을 차려 놓고 불렀습니다.

"정욱아! 밥 먹으러 와라!"

하지만 저는 교과서 싸는 일도 재미있고, 교과서 안에 있는 그림들을 보는 일도 마냥 즐거웠습니다. 한두 권만 더 싸면 갈 수 있을 것 같았습니다. 어려서부터 저는 손에 잡은 일을 앉은 자리에서 다 끝내는 것을 좋아했습니다.

"엄마, 안 돼요! 조금만요."

동생들은 벌써 밥상에 달라붙어 밥을 먹고 있었습니다. 저는 힘껏 속도를 내서 교과서 포장을 다 마치고 뒤늦게 안방으로 기어갔습니다. 걷지 못하기에 제가 실내에서 이동하는 방법은 기는 것뿐입니다.

가보니 동생들은 벌써 식사를 마치고 텔레비전 앞에 앉아 있었습니다. 저는 어머니가 한쪽에 치워 놓은 밥과 남은 국그릇을 당겨 밥을 먹기 시작했습니다. 텔레비전에서 만화를 보는 동생들은 모처럼 조용해졌습니다. 한참 보던 만화영화가 끝나자 동생들은 마루로 나갔습니다. 기저귀 찬 막내까지도 바깥으로 나갔습니다. 비로소 저는 밥을 먹으면서 엄마와 대화를 나눴습니다.

"엄마, 책 다 쌌어요."

"그래. 달력 모자라지 않았니?"

달력은 열두 장에 표지까지 한 장 더 있었습니다. 교과목은 기껏해야 일고여덟 개. 모자랄 리가 없습니다.

"네, 충분했어요."

"음, 잘했어."

어머니는 동생들 때문이기도 하지만 웬만한 일은 저 혼자 하도록 내버려 두셨습니다. 요즘 엄마들처럼 나서서 뭔가 해주지 않았던 것이 오히려 저에게는 큰 도움이자 기회가 되었던 것 같습니다.

"엄마, 전과와 수련장도 필요한데요."

"그래, 걱정하지 마. 엄마가 내일 돈 줄게."

어머니는 저 때문에 매일 학교를 가시니 학교 앞 문방구에 들러 전과나 수련장을 사는 일은 어려운 일이 아니었습니다. 돈을 가지고 있는 엄마와 늘 함께 다니기 때문에 든든한 마음이 들기도 했습니다. 밥을 먹으며 엄마가 당부했습니다.

"애들하고 친하게 지내고, 선생님 말씀 잘 들어."

"네!"

어려서부터 글을 읽었던 아이인지라 저는 학교 성적이 늘 우수

했습니다. 그래서 공부를 잘 하라든가 열심히 하라는 말은 특별히 들은 적이 없습니다. 교과서가 되었건 다른 책들이 되었건 닥치는 대로 읽어젖히는 저였기에, 성적에 대해서는 그다지 걱정하지 않으셨던 겁니다.

  그렇게 저녁상을 물리자 어머니는 부엌으로 나가 설거지를 시작했습니다. 마루에서 떠들던 동생들이 갑자기 조용해졌습니다. 순간 예감이 이상했습니다. 건넌방으로 부리나케 건너가 보았더니 동생 녀석들이 제가 곱게 싸놓은 교과서를 어지럽게 펼쳐 놓고 킥킥대며 들여다보고 있는 게 아닙니까. 가슴이 철렁했습니다.

  "야, 너희들…!"
  "아, 재밌어. 오빠 읽어줘!"
  녀석들은 교과서가 그림책이라도 되는 줄 알았습니다.
  "안 돼! 내일부터 공부해야 된단 말이야!"
  동생들은 제가 마구 교과서를 뺏자 서러운 표정이 되어 쳐다봤습니다.
  "나도 학교 가고 싶어!"
  "나도 책 읽고 싶어!"
  동생들이 나란히 고함을 질렀습니다. 그걸 보니 약간 미안하기도 했습니다.

"좋아좋아. 내가 읽어줄게."

동생들을 앉혀 놓고 저는 책을 읽기 시작했습니다. 국어책이었습니다. 그림도 보겠다고 해서 둘째와 셋째 동생을 방바닥에 배 깔고 엎드리게 해놓고 저는 그 가운데 엎드려 교과서를 읽었습니다. 녀석들은 그림을 보며 깊이 이야기에 빠져들었습니다.

"형, 정말 재미있어."

"재미있어?"

"나도 빨리 학교 가고 싶어."

"그래그래."

그 순간이었습니다.

"어? 정호야!"

고개를 돌리던 둘째 정연이 뭔가를 발견해 크게 소리질렀습니다. 본능적으로 돌아보니 어느새 기저귀를 풀어버린 막내가 고추를 달랑달랑 내놓은 채 내가 예쁘게 싸놓은 교과서 위로 오줌을 질펀하게 싸고 있었습니다.

"안 돼!"

달려들어 교과서를 뺏었지만 이미 늦었습니다. 사회와 자연은 녀석의 노란 오줌 세례를 실컷 받은 뒤였습니다. 오줌이 뚝뚝 떨어지는 교과서를 들어 올리며 저는 그만 울고 말았습니다.

"으아앙! 교과서에 오줌을 싸다니!"

저는 너무 억울하고 분했습니다. 그냥 퍼질러 앉아 엉엉 울고
말았습니다.

"엉엉엉!"

동생들은 제가 울자 어쩔 줄 모르고 저만 멀뚱멀뚱 바라봤습니
다. 그때 뭔가 일이 심상치 않다고 여겼는지 어머니가 안방에서
건너와 사태를 파악하고는 한 말씀 하셨습니다.

"그러게 애 손에 안 닿는 높은 데 올려놨어야지."

"난 몰라, 잉잉!"

저는 훌쩍이며 젖은 교과서를 걸레로 닦았습니다. 정말 속상했
습니다. 하필이면 곱게 싸놓은 첫날 이런 일이 벌어지다니요. 힘
들게 싸놓은 교과서가 퉁퉁 불어 올랐습니다. 냄새를 맡아보니 지
린내도 났습니다. 그렇다고 어린 동생이 오줌 싼 것을 어쩌겠습니
까. 부주의했던 저를 탓할 수밖에요.

결국 그 학기 내내 저는 오줌으로 불어올라 종이 표면이 거칠게
일어난 교과서로 공부를 했습니다. 그래도 돌이켜보니, 교과서가

젖었건 말랐건 중요한 것은 그 교과서의 내용이었습니다. 하긴 옛
사람들은 책을 베껴서 읽기까지 했다는데 말이지요.

요즘 아이들의 품질 좋은 교과서를 보면 그 시절 생각이 납니
다. 교과서 표지를 싸서 공부한 세대로서는 부럽기 짝이 없습니
다. 하지만 보람도 있습니다.
그것은 교과서도 변변히 없던 세대, 그리고 교과서 표지를 싸서
공부한 우리 세대가 우리나라를 이렇게 잘 살게 만들었다는 자부
심입니다.

원추리
꽃 향기

  그녀를 처음 만난 건 대학 4학년 여름이 막 시작되던 1학기 말이었습니다. 기말고사 준비를 위해 새벽안개를 가르며 집을 나와 택시까지 타고 달려간 학교 도서관에는 이미 빈자리가 없었습니다. 중앙도서관을 포기하고 자리를 잡은 단과대학 열람실에는 이제 막 본격적으로 공부를 시작하려는 초롱초롱한 눈망울의 젊은 이들이 내뿜는 열기가 가득 차 있었습니다.

  문학을 공부한답시고 밤마다 파지를 날리며 대학 시절을 보낸 저로서는 사실 도서관의 그런 열기가 그리 익숙한 것은 아니었습니다. 졸업을 앞둔 당시의 저로서는 도서관에 가서 공부를 한다는 건 파격에 가까운 일일 터. 그간 저를 감고 돌았던 문학이라는 어둠의 세력(?)과 손을 끊고 이제 정말 졸업을 하고 대학원을 가기 위한 준비가 코앞에 닥쳐 있었습니다.

"저, 혹시 고정욱 씨 아니세요?"

텁텁한 초여름 무더위를 가르는 알싸한 비누 향기로 그녀는 그날 제게 다가왔습니다. 어벙하게도 저는 그녀를 학교 후배 가운데 하나쯤으로 알았습니다.

"누구…?"

"나, 국민학교 1학년 때 짝이었는데…."

그 순간을 지금도 기억합니다. 그간의 복잡했던 다양한 관심사를 정리하고 오로지 문학을 나의 업으로 삼아 공부하려 맘먹고 모처럼 도서관을 찾은 그날, 신은 얄궂은 운명의 고리를 철컥 채워버렸던 것입니다. 이 여인을 만나게 하려고 나의 운명은 그토록 많은 시련과 방황을 준비했음을 깨닫던 추억이 지금도 아련합니다.

그녀는 힘들고 강파른 삶의 고개를 숨이 턱에 차도록 올라, 간신히 한숨을 돌린 나그네의 눈에 띈 풀섶의 원추리 꽃 같은 여인이었습니다. 온갖 화사한 치장과 드러냄과 표현함에 익숙한 여인들 사이에서, 그녀의 자태는 전혀 드러나지 않는 그것이었고 그드러나지 않음이 그녀의 아름다움이었습니다.

그녀는 은행을 2년 다녔다고 했습니다. 그리고 은행 앞을 무리 지어 달려가는 젊은이들의 스크럼이 갖는 의미를 그때는 이해하지 못했노라고 했습니다. 자신의 삶을 보다 빛나는 것으로 만들어야 한다는 깨달음이 어느 날 갑자기 들이닥쳤고, 야간 입시 학원에 등록을 해 제가 다니던 학교에 입학한 것이 1년 전의 일이었습니다.

그녀는 그렇게 저의 공간 안에 있다가 오롯이 모습을 드러낸 것이었습니다.

대학생활을 제대로 하기 위해 직장도 관둔 그녀는 과에서 촉망받는 재원이었습니다. 장학금을 놓치지 않았고, 대학 생활의 소중함을 제게 행동으로 하나하나 깨우쳐 주었습니다.

"한번 읽어보고 이상한 부분 없나 봐줘."

그날 이후 도서관에서 나란히 앉아 공부하게 된 저에게 그녀는 가끔 자신의 리포트 원고를 내밀었습니다. 이면지에 단아하게 연필로 써내려 간 리포트 초고.

"아니 뭐 리포트를 초고까지 작성해서 써? 그냥 도서관에서 적당히 베끼지."

그게 내 삶의 방식이었다면, 리포트 한 편을 쓰더라도 그 문제가 납득이 되도록 자료를 읽고 또 읽고 생각하고 초고를 써서 고치고, 또 고치고 난 뒤에야 비로소 리포트 용지에 온갖 정성을 다해 옮기는 것은 그녀 삶의 방식이었습니다.

시간이 날 때면 도서관에 가서 유명 화가의 화집을 천천히, 아주 천천히 감상하며 한 페이지씩 넘기는 여인. 주변의 사랑하는 사람들에게 잔잔한 행복의 물결을 전하는 여인. 그러면서 전혀 자신의 존재를 무리해서 드러내지 않는 원추리 꽃 같은 여인이 저의 첫사랑이었습니다. 남들이 화려하고 원색적인 꽃에 눈을 줄 때 저는 숨은 보석을 몰래 혼자 찾아낸 듯한 득의만만함을 즐기고 있었습니다.

그러나 그녀와 헤어진 뒤 제가 보낸 20대 후반의 세월은 암회색 스모그가 온통 제 사위를 감싼 메마른 시절이었습니다. 고통의 시기를 보내고 나서 저는 어느 날 문득 거짓말처럼 그녀를 놓아 보낼 수 있었습니다. 저에게 남은 건 그녀의 아련한 향기와 우리가 사랑했다는 추상 명제 하나뿐이었습니다.

얼마 전 만난 모 출판사 주간은 그녀가 공부한 학과의 직속 선배였습니다. 그가 기획하고 있는 원고를 쓰는 문제로 만난 우리였지만 같은 캠퍼스에서 비슷한 시기에 젊은 시절을 보냈다는 공통

점에 이내 의기투합할 수 있었습니다. 딱딱한 업무 이야기들이 끝난 뒤 우리의 화제는 자연스럽게 둘이 알 만한 사람의 소식을 전하는 일이었습니다. 그 과의 조교였던 그는 원추리 꽃 같은 내 첫사랑의 여인을 아주 잘 알고 있었습니다.

"내가 그때 장가만 안 갔어도 프러포즈했을 거요."

그의 이 말 한 마디에 저는 제 얼굴에 번지는 미소를 느끼지 않을 수 없었습니다. 풀섶에 숨은 원추리 꽃을 발견한 그의 안목이 저와 같았기 때문입니다.

그와 함께 출판사 사무실에서 나오는 제 주변에선 어디선가 오랜 세월을 건너 뛴 원추리 꽃의 향기가 다시 감돌았습니다.

대들보 잘라
서까래 만들려나

저의 습작 시절 얘기입니다.

가난한 문학청년인데다 또한 외로운 대학원생인 저에게는 언제나 생활고의 간단없는 시험이 엄습했습니다. 아무런 능력 없이 결혼을 한 가난한 대학 강사였으니 그 어려움은 지금도 추억처럼 아내와 나누는 대화에 등장하곤 합니다.

그때 저의 이런 고통을 이해하신 스승이 한 분 계십니다. 제가 몸담은 학과의 스승으로 계시던 그분은 저의 재능을 인정해 주시면서 언제나 격려를 잊지 않으셨습니다.

"고 군! 자네, 공부는 뭐하러 그렇게 많이 하려는가? 자네는 글을 써야 하네."

하지만 선생님의 그 말씀은 언제나 저에게 공허한 메아리로만

들렸습니다. 공부도 하고 싶고 글도 쓰고 싶지만 당장 저에게는 부양해야 할 처와 자식이 있었기 때문입니다.

고민고민 끝에 저는 학생들을 가르치는 과외를 해볼까 마음을 먹게 되었습니다. 강남 쪽에서는 국어를 전공한 학원 강사들이 없어서 난리라고 잘 아는 동네 아주머니가 은근히 권유했기 때문입니다.

"고 선생 정도면 아마 훌륭한 국어 선생이 되실 거예요. 실력 있겠다, 학벌 좋겠다……."

그네가 제시하는 수고비의 유혹은 쉽게 뿌리칠 수 없는 것이었습니다. 그러나 한편으로는 그 과외 수업을 하느라 빼앗길 시간과 그로 인해 못하게 될 공부도 걱정되었습니다. 자칫하다가는 빈대 잡으려다 초가삼간 태울까 우려되었던 것이지요.

결국 제가 찾아간 곳은 그 스승님의 연구실이었습니다.

"선생님, 사실은 아르바이트를 할까 생각중입니다."

저는 자세하게 그간의 상황을 설명했습니다. 선생님은 제 이야기를 심각하게 들었습니다. 그러고는 말이 끝난 뒤에도 한참을 침묵하다 말씀하셨습니다.

"자네 판단을 내가 이래라 저래라 할 입장이 아닌 것은 아네. 하지만 한 가지 해줄 말은 사람은 저마다의 쓰임새가 있다는 것일세. 대들보 감을 잘라 서까래로 쓰는 우를 범하지 말게나.”

저는 그 과분한 말씀을 듣는 순간 눈물이 핑 돌았습니다. 그리고 결심했습니다. 어떠한 어려움이 있어도 나는 나의 문학과 학문의 길을 끝까지 가리라고.

처음 강단에
서던 날의 설렘

'31303.'

제가 강의할 문과대학 강의실 번호입니다. 3층에 있었지만 그건 아무런 문제가 되지 않았습니다. 문과대학 건물 바깥에는 꽃샘 추위가 몰아치고 있었지만 몸은 후끈후끈 달아올랐습니다.

조교실에서 오후 1시 국어작문 강의 시간이 시작되기를 기다리면서 거듭 마른침을 삼켜야 했습니다. 따라온 아내가 물을 떠다가 저에게 권했습니다. 결혼한 지 몇달 되지 않은 새색시인 아내는 제가 하는 첫 강의를 학생인 것처럼 듣고자 청바지에 티셔츠를 입고 조교실에서 함께 기다리는 중이었습니다. 한 선배가 그런 저를 보고 웃으며 말했습니다.

"정욱아, 너 설레는구나? 걱정 마, 잘 할 수 있어!"

그는 강의를 맡기까지 제가 얼마나 힘든 과정을 겪었는지 잘 알기에 제 어깨를 툭툭 두드려 주었습니다.

어려서 책을 좋아하긴 했지만 국문과에 들어오게 될 줄은 꿈에도 몰랐습니다. 될 대로 되라는 심정으로 들어온 학과였지만 들어와서 보니 공부는 그다지 어렵지 않았습니다. 아니, 오히려 재미있었습니다. 어려서부터 그토록 좋아했던 책을 읽고, 토론하며, 문학을 공부했기 때문입니다. 대학을 다니면서 저는 문학의 즐거움에 빠졌고, 결국 작가의 꿈을 키우면서 대학원을 다녔습니다. 석사와 박사과정을 마무리할 때까지 저는 정말 열심히 공부하는 학생이었습니다. 그러던 어느 날, 조교가 들어와 공지사항을 말했습니다.

"다음 학기에는 박사과정 수료한 사람들이 강의를 하나씩 맡게 됐습니다. 조교실에 오시면 시간표가 배정되어 있을 거예요."

그때만 해도 국어강독이나 국어작문이 교양과목으로 있어서 대학원 박사과정쯤 다니면 강의를 어렵지 않게 맡을 수 있었습니다. 비록 강의 시간은 두 시간이지만, 앞으로 교단에 설 사람들에게 미리 경험을 쌓게 해준다는 의미였습니다.

저 역시도 강의를 맡게 되겠다 싶어 가슴이 설레었습니다. 그런데 그때 조교가 다가와 저에게 넌지시 말했습니다.

"고 선생님은 몸이 불편해서 교수님들이 강의 배정을 못하셨습니다."

청천벽력이었습니다. 강의 배정을 못 받다니, 학교에 있는 교수들은 제게 한 번 의사확인도 하도 않고 강의의 기회조차 주지 않았습니다. 크나큰 배신감이 들었습니다. 국문학을 공부하면서도 이런 좌절을 또 겪어야 하다니, 모든 기대가 무너지는 듯했습니다.

이 이야기를 들은 아버지는 당장 떨쳐 일어났습니다. 차별 받는 아들을 위해 지옥이라도 가겠다는 각오로 교수들을 쫓아다니며 읍소하셨습니다.

"우리 아들이 강의를 할 수 있는지 없는지 한 번이라도 기회를 주시고 판단해 주십시오, 교수님!"

아버지의 읍소가 통해 결국 학교에서는 저에게 새 학기에 강의 기회를 주기로 했습니다. 그리하여 맡게 된 강의가 국어국문학과 1학년 학생들이 듣는 국어작문이었습니다. 제가 국문과 출신 선배이기에 학생들이 별 거부감 없이 저를 받아들일 거라 생각한 듯했습니다.

드디어 수업 시간이 되어 저는 목발을 짚어 3층 강의실로 힘겹게 올라갔습니다. 아내는 강의실 뒷문으로 들어가 학생인 것처럼 자리를 잡고 앉았습니다. 제 가슴은 쿵쾅쿵쾅 뛰기 시작했습니다. 설렘이 극에 달했습니다. 학교에 들어온 지 8년 만에 강단에 처음 선 감회는 정말 새로웠습니다. 강의실 문을 열고 들어가자 학생들은 모두 깜짝 놀랐습니다. 생각지도 못한 목발 짚은 장애인 교수가 들어오니 그럴 수밖에요. 저는 설레는 가슴을 누르며 긴장해서 갈라지는 목소리로 말했습니다.

"여러분에게 국어작문을 한 학기 동안 가르칠 고정욱입니다."

의자를 끌어다 교단 위에 놓고, 저는 거기에 앉아 출석을 부른 뒤 강의를 시작했습니다. 첫 강의를 하는 설레는 가슴은 쉽사리 진정되지 않았습니다. 하지만 분명한 것은 누구보다 훌륭한 강의, 누구보다 뛰어난 강의를 하고야 말겠다는 각오였습니다. 장애가 있지만 학생들을 가르치는 데에선 결코 문제가 없다는 걸 보여주고 싶었습니다. 그런 마음 때문일까요. 그 후로 저는 학교에서 강의평가를 하면 항상 정상급에 있는, 학생들에게 인기 있고 성심을 다하는 강사로 인정을 받았습니다.

그때 시작한 강의를 20년 넘게 했고 수없이 많은 제자들을 길러 냈습니다. 제자 가운데에는 구청장을 비롯해 이 사회의 기간 인력이 된 사람도 있고, 대학교의 교수가 된 인물도 있으며, 작가가 된 이들도 물론 있습니다. 선생으로서 그들에게 미력이나마 도움이 된 것 같아 뿌듯할 따름입니다.

지금도 새봄이 오고 학생들이 입학을 하여 한 학년씩 올라가게 되면, 그들을 가르치려 떨리는 가슴으로 목발을 짚고 강의실을 찾아가던 저의 모습이 생각납니다. 가슴 떨리는 초심을 잃지 않고 있다면 어느 누가 자기 일에서 열정을 상실하겠습니까.

새로운 삶을 시작하는 가슴 설렘.
그 설렘은 어떠한 고난과 어려움도 이겨낼 수 있는 힘입니다.

그대, 기다릴
자격이 있는가

　작년에 저는 S신문의 신춘문예 심사를 했습니다. 응모작 가운데 맘에 드는 수작을 골라내면서 뿌듯했습니다. 그가 앞으로 어떤 작가로 커 나갈지 기대도 되었습니다. 젊은 감각으로 톡톡 튀는 문장의 동화를 써내는 그들의 모습을 지켜보는 일은 무한히 기쁜 일이었습니다. 그러면서 동시에 과거 제 모습이 떠올랐습니다.

　젊은 시절 저는 신춘문예의 열병을 앓고 있었습니다. 국문과에 입학해보니 같은 과의 친구들 가운데 반수 이상은 문학청년들이었습니다. 소설을 쓴다는 둥, 시를 쓴다는 둥 하는 그들은 저를 기죽게 했습니다. 책읽기는 좋아했지만 문학에 대해서는 한 번도 생각해본 적이 없던 저는 뒤늦게 그들과 호흡을 같이 하기 위해서 문학의 길을 선택할 수밖에 없었습니다.

그렇다면 장애가 있어도 차별받지 않는 소설을 한번 써보리라 생각했습니다.

대학교 1학년 때 처음 쓴 소설은 참으로 지금 언급하기에도 낯부끄러운 것이었습니다. 재벌 2세가 우연히 길을 가다 교통사고를 냈는데 그 피해자는 구로동의 공단에서 일하는 여공입니다. 그렇게 여공과의 사랑에 빠지며 이 재벌 2세는 결국 자신이 가진 모든 기득권을 내려놓는다는 식의, 막장 드라마로 옮기기도 힘들 정도의 어설픈 작품이었습니다.

하지만 첫 술에 배부를 리는 없는 법. 계속 작품을 써서 저는 학교 신문에 응모했습니다. 물론 낼 때마다 낙방이었습니다. 하지만 포기하지 않았습니다. 늦게 시작했으니 당연하다는 생각이었습니다. 부끄럽거나 좌절감이 들지도 않았습니다. 미숙하니 당연한 일이고 언젠가 내공이 쌓이면 능력을 발휘할 거라 믿었습니다. 결국 4학년 때 낸 소설이 당선되어 저는 약간의 가능성을 발견했습니다.

그 뒤로는 끊임없는 습작과 도전의 연속이었습니다. 가을이면 신문마다 나오는 신춘문예 공고는 저의 가슴을 설레게 했고, 밤을 새워 작품을 준비해 응모하고 나면 남는 일은 기다림뿐이었습니다. 찬바람이 불고 첫눈이 올 무렵이면 제 가능성 희박한 기다림은 늘 계속되었습니다. 대개 12월 중순에 신춘문예 당선자 통보가 온다는데 저는 그런 전화를 받은 적이 없었습니다. 그러다가 1월 1일 배달되어 온 신문에서 당당한 얼굴로 웃고 있는 낯선 당선자의 얼굴을 발견해야 했습니다. 그들의 작품을 읽으며 무릎을 치고 이를 갈아야만 했습니다. 저보다 훨씬 뛰어나게 잘 쓴 작품을 보면서 저는 다시금 졌음을 인정해야만 했습니다.

하지만 그대로 포기할 수는 없는 노릇, 다시 새해가 오면 또 다른 신춘문예 당선의 소식을 기다리며 저는 펜을 갈았습니다. 새로운 작품을 구상해 형식을 바꾸고, 내용을 바꾸며 작품을 써내지만 매번 탈락의 고배를 마셔야만 했습니다. 작가가 되는 일이 이토록 힘들고 어려운 줄은 꿈에도 몰랐습니다. 언젠간 되리라 생각은 했으나, 되는 그날까지의 기다림은 정말 힘들고 어려운 것이었습니다.

또 한 번은 잡지의 발행인을 만난 적이 있습니다. 발행인은 저를 만나더니 작품이 좋은데 차라리 평론을 써보는 게 어떻겠냐고, 제가 원치 않는 길을 제시했습니다. 그 무렵 저는 대학원의 박사과정을 다닐 무렵이었기에 심사위원은 제가 차라리 평론가가 되면 좋겠다고 제안을 한 것입니다. 저는 단호히 거절했습니다. 남의 작품을 평론하느니 남들이 내 작품을 평론하게 만들겠다는 가당치 않은 오기 때문이었습니다. 기다림은 변절을 허용해서는 결코 열매를 맺을 수 없다는 게 제 생각이었습니다.

그 뒤로도 저의 목마른 기다림은 이어졌습니다. 응모하고 떨어지는 일을 반복했습니다. 초 · 중 · 고등학교 때부터 글쓰기 훈련이 됐더라면 얼마나 좋았을까 싶기도 했지만 이미 지나간 일, 노력하는 수밖에 없었습니다. 그랬기에 기다림은 더욱 가혹했습니다. 그러는 와중에 저는 박사과정을 마무리했고 결혼도 해서 가정도 이루었습니다. 아이가 태어나고 그 아이를 부양해야 할 의무까지 주어지는 동안에도 저는 문학공부를 하고 있는 백수였을 뿐입니다. 작가가 되면 생계에 어느 정도 도움이 될 것 같은데 어느 신문도 저를 받아주지 않았습니다.

박사논문을 쓰느라 정신이 없던 1992년, 저는 우연히 학교 도서관에 배달되어 온 문화일보를 발견했습니다. 문화일보에서 신춘문예 공고가 난 것을 보고 저는 또 도전해 보기로 결심했습니다. 옛 애인을 만난 것처럼 살짝 가슴이 설레었습니다. 논문을 쓰는 와중에 머리를 식히기 위해 써놓았던 작품을 하나 골랐습니다. 그리고 그 작품을 다듬고 시간을 뺏기지 않는 선에서 수정했습니다. 하도 오래 다듬은 작품이라 손볼 곳도 별로 없었습니다.

단어 하나를 바꾸면 나머지 체제를 바꿔야 할 정도로 정제된 작품이었습니다. 그걸 다시 고쳐서 응모한 뒤 저는 투고 사실조차 잊어버렸습니다. 박사논문을 써서 심사에 통과하는 일이 더 큰일이었기 때문입니다. 그리고 투고는 많이 해봤으니 특별할 것도 없었습니다.

논문심사를 이어 나가면서 마지막 심사를 남긴 어느 날, 낯선 여자에게서 전화가 왔습니다. 문화일보의 신효정 문화부장이었습니다. 제가 낸 작품이 신춘문예 소설부문에 당선되었다는 게 아닙니까.

하늘을 날아갈 것 같은 기쁨이었습니다. 가슴속의 응어리들이 모두 풀리는 것 같았습니다. 습작을 시작하고 작품을 쓴 지 무려 12년 만에 이룬 쾌거였습니다. 정작 기다림을 의식하지 않고 다른 곳에 정신이 팔려 있을 때 당선 소식은 점령군처럼 날아왔습니다.

그 뒤로부터 지금까지 20년 넘는 세월이 흘렀습니다. 긴긴 기다림으로 신춘문예의 당선소식을 애타게 기다렸던 젊은 시절이 생각납니다. 돌아보면, 모든 기다림은 우주가 나에게 허락하는 때를 기다리는 것임을 알게 되었습니다. 내가 아무리 애타게 갈망하고 노력하며 발버둥을 쳐도 때가 허락하지 않으면 될 수 없다는 것을 알았습니다. 이 세상 일은 무엇 하나 억지로 되는 법이 없었습니다.

순응하며 주어진 바에 본분을 다하면 때가 허락하는 순간 나의 기다림은 이루어집니다. 연인을 만날 수도 있고, 취직을 할 수도 있고, 어떤 뜻을 이룰 수도 있습니다. 중요한 것은 때가 왔을 때 나에게 준비가 되어 있는가, 하는 것입니다.

인간은 누구나 무언가를 기다립니다. 지금 애타는 기다림을 갖고 있는 당신이라면 자신을 먼저 돌아보아야 합니다. 나는 과연 기다림을 통해 원하는 결과를 얻을 자격이 있는가. 어느 날 아침 도둑처럼 눈이 오듯 원하는 것이 이루어질 때, 그것을 잘 지키고 유지할 준비는 되어 있는가. 언젠가 다가올 기다림의 끝을 위해서 오늘 하루를 충실히 가꿔야 합니다. 변절하지 말고요.

제가 당선 이후 20년 넘게 작가로서의 삶을 영위하고, 독자들에게 끊임없이 뭔가 이야기를 건넬 수 있음은 바로 기다림보다 기다림 이후가 더 중요함을 말해주는 증거이기도 합니다.

저는 제가 뽑은 신춘문예 당선자를 위해 작은 꽃다발을 준비했습니다. 그에게 드디어 우주가 기다림의 보상을 했으니 어찌 축하할 일이 아니겠습니까.

연단에서
눈 감으리

간혹 삶의 무게에 치인 친구들을 만나면 왜 사는지 모르겠다는 자탄을 들을 때가 있습니다. 사실 저는 어이없게도 왜 살아야 하는지 모르겠다는 생각을 인지능력을 가진 서너 살 때부터 하기 시작했습니다. 남달리 조숙해서는 물론 아닙니다.

돌 무렵 소아마비에 걸렸기 때문입니다. 죽을 고비에서 살아남긴 했지만, 그 후유증으로 저는 중증 지체장애인이 되고 말았습니다.

하늘을, 주변을, 부모를, 세상을 원망할 수밖에 없었습니다.

왜 나만 하필 장애인이 되었나. 수많은 사람들 가운데 유독 내가 왜 장애인의 몸을 가지고 살아야 하는가를 늘 고민했습니다. 걸을 수만 있으면 완벽할 텐데. 아무리 고민해도 해결되지 않는

문제를 끌어안고 살면서 저는 작가가 되었고, 문학박사로 대학에서 강의도 했습니다. 결혼을 해서 자녀 셋을 낳은, 겉보기에는 지극히 평범한 삶을 살았습니다.

그러던 어느 날 문득 장애를 소재로 한 작품을 써야 하겠다는 생각이 들었습니다. 장애는 흔치 않은 소중한 경험입니다. 그 경험을 세상에 널리 알려야겠다는 마음이 들었습니다. 그리고 이왕이면 어린이, 청소년들과 나눠야겠다는 생각이 동화를 쓰게 했습니다.

첫 동화인 〈아주 특별한 우리 형〉은 그 해에 가장 많이 사랑받은 작품이 되면서 창작동화 시장을 여는 데 일조했습니다. 그 뒤에 〈안내견 탄실이〉, 〈가방 들어주는 아이〉, 그리고 〈네 손가락의 피아니스트〉 등을 발표하면서 저는 수많은 독자들의 사랑을 받았습니다. 소위 말하는 베스트셀러 작가가 된 것입니다.

강연 요청도 쏟아졌습니다. 전국에 있는 학교와 기업, 관공서 등에 수 백 차례 강연을 다녔습니다. 남는 시간에 글을 쓰랴, 강연 준비하랴, 사회활동 하랴 정신없이 바쁜 삶을 지금도 살고 있습니다. 그래도 강연장에서 만난 청중들이 저를 만나 열광하는 것을 보면 힘든 줄 모릅니다. 청중들에게 장애인에 대한 인식을 개선시키며, 그들이 장애인을 자신들과 별개의 인간이 아님을 깨닫게 해주려 애씁니다. 동시에 장애인도 노력하고 있으며 최선을 다해 살고 있는 우리 이웃임을 역설합니다.

그러다가 문득 벼락이라도 맞은 것처럼, 왜 사는지 모르겠다던 의문의 답을 얻었습니다. 그것은 바로 '이런 일을 하기 위해서' 였습니다. 그래서 제가 장애인으로 사는 거였습니다. 제가 장애인이기에 장애의 고통을 말과 글과 행위로 사람들에게 알리고, 이 세상을 더불어 사는 세상으로 만들 수 있는 게 아니겠냐는 소명의식이 제 마음 속에 장착되었습니다. 비로소 저는 50여 년 마음에 품었던 화두의 깨달음을 얻었습니다. 제 눈에서 뜨거운 눈물이 흘러내렸습니다.

장애인이 차별받는 것은 비장애인들이 악해서가 아닙니다. 장애인을 자주 보지 못하고, 그들의 이야기를 듣지 못하고, 그들이 쓴 책을 읽지 않았기 때문입니다. 한 마디로 부족한 접촉과 소통 탓입니다. 그래서 둘은 서로 당장 만나야 합니다.

그 뒤 저는 더 이상 우울해하거나 헛된 회의(懷疑)로 제 삶의 발목을 잡지 않습니다. 제게 주어진 많지 않은 시간 안에 저의 소명을 다하고 가야 하기 때문입니다. 전국에 초등학교가 6천 개 가까이 있고 중학교가 2천여 개, 고등학교가 2천여 개 있습니다. 그 외에도 기업과 정부 부처 등등, 제가 가서 장애를 알리고 인식을 개선시켜야 할 곳은 너무나도 많습니다. 이 모든 곳에 가서, 장애를 가졌지만 누구보다 행복하고 당당하게 사는 저의 모습을 보여 주는 것이 제가 죽기 전에 할 일입니다. 비장애인들이 보는 앞에서 끝까지 장애인과 더불어 사는 세상을 주장하다 연단에서 마지막 숨을 거두고 싶습니다.

그리하여 먼 훗날 제가 이 땅에서 사라지더라도, 새롭게 태어난 장애를 가진 자녀들을 본 부모들이 그저 애가 눈이 작거나, 코가 납작하거나, 피부색이 까무잡잡한 정도로 받아들일 수 있다면, 저는 이 땅에 온 소명을 다한 것입니다.

학점은 F,
인생 성적은 A학점

제가 대학을 다니던 20여 년 전만 해도 캠퍼스엔 아직도 낭만이 남아 있었습니다. 그래서인지 툭하면 휴강에 축제에, 행사와 시위 등으로 어영부영 시간을 보내는 경우도 많았습니다.

그에 대한 반사작용인지 나중에 강단에 서게 된 저는 학생들에게 엄한 교수가 되었습니다. 지각 결석을 철저히 체크했고, 리포트도 많이 내주고, 공부도 엄청 많이 시켰습니다. 학생이라면 최선을 다해 공부해야 하고, 교수는 학생들을 그렇게 지도해야 한다는 게 제 신념이었습니다.

성적도 혹독할 정도로 박하게 주는 경우가 많았습니다. F학점이 수두룩했습니다. 그러면서도 저는 그런 학점을 받는 학생들은 노력하지 않으며, 요행수만 바라는 나태하고 불성실한 학생이라고 생각하고 있었습니다. 심지어 그런 학생들은 빨리 학사경고를 받고 대학을 떠나는 게 다른 사람을 위하는 길이라고 여기기까지 했습니다.

학기말이었습니다. 성적 처리를 다 끝낸 저에게 나이 든 학생이 찾아왔습니다. 그는 제가 맡은 야간강좌 강의를 들었는데 언뜻 봐도 저보다 나이가 많아 보였습니다.

"선생님, 이번에 선생님 과목 F 맞은 아무갭니다."

학생은 공손히 저에게 인사를 했습니다. 그렇게 찾아오는 학생은 대부분 자신의 학점을 올려달라고 사정하거나 성적 처리에 이의가 있다고 항의했기에 저는 약간 긴장했습니다.

그러나 학생의 다음 말은 의외였습니다.

"제가 직장에 다니는 관계로 선생님 수업에 늘 늦고, 결석도 여러 번 하고, 수업도 제대로 못 따라갔습니다. F학점 맞는 게 당연합니다. 열성적으로 가르쳐 주셨는데 거기에 부응하지 못해 정말 죄송합니다. 내년에 다시 신청해서 들을 때는 제대로 공부하겠습니다. 한 학기 동안 감사했습니다."

그 말을 듣는 순간 저는 깨달았습니다. 학업 성적이 나쁘다고 해서 인격이나 인생의 성적까지 나쁜 것은 결코 아님을 말입니다.

책이 만든 나

저는 다섯 살 무렵에 한글을 깨우치게 되었습니다. 장애아인 저는 어려서부터 부모님의 애틋한 사랑을 한 몸에 받은 아이였습니다. 장애가 있어 서지도 못하고 걷지도 못하자 부모님은 공부라도 잘 시켜야 하겠다는 생각을 하신 듯했습니다.

군인이었던 아버지는 부하 사병을 저에게 선생님으로 붙여주셨습니다. 선생님은 매일 시간을 내서 관사로 찾아왔습니다. 처음에는 신기하고 재미있어했지만 선생님이 매일 찾아오자 저는 공부라는 것이 괴롭고 싫은 일이라고 느끼게 되었습니다. 선생님이 관사 문을 열고 들어오기만 하면 울음을 터뜨렸던 기억이 납니다. 예나 지금이나 공부는 늘 힘들고 어려운 일입니다.

이러구러 선생님 덕에 한글을 읽고 깨우친 저는 그때부터 새로운 세계가 열리는 경험을 했습니다. 저의 독서력을 획기적으로 올려 준 것은 만화였습니다. 마침 함께 살고 있던 작은 삼촌이 만화가게 집 딸과 사귀는 사이여서 매일매일 저를 안고 그곳으로 갔습니다. 글과 그림이 있는 만화는 금세 저의 인식을 넓혀 주었습니다.

만화에 어느 정도 익숙해지자 그림 없이 글로만 책을 읽을 수 있게 되었습니다. 상상력이 발전하기 시작한 것입니다. 그리하여 저는 책벌레가 되었습니다. 초등학교에 들어가기 전에 이미 아버지가 사준 동화 전집을 읽고 또 읽어 외울 정도였습니다. 오죽하면 저의 어렸을 때 소원이 우리 집이 서점이나 도서관이었으면 좋겠다는 거였을까요.

한번은 우리 집에 온 손님이 책을 사가지고 왔습니다. 제가 책을 좋아한다는 사실을 알았기 때문입니다. 기쁜 마음에 책을 받아 들고 저는 방으로 들어가 읽었습니다. 손님이 부모님과 대화를 나누고 있는 동안 저는 미친 듯 책에 탐닉했습니다. 책을 다 읽을 무렵 손님이 집을 나서는 소리가 들렸습니다. 저는 재빨리 마루로 나가 손님에게 말했습니다.

"아저씨, 이 책 좀 딴 책으로 바꿔다 주시면 안돼요?"

결국 아저씨는 서점에 가서 새책으로 바꾸고, 거기에 한 권 더

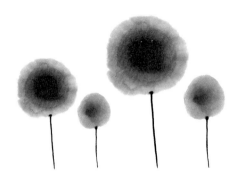

사서 두 권의 책을 갖다 주셨습니다. 이렇게 책에 빠져 있던 저에게 새책은 늘 갈증의 대상이었습니다. 새로운 이야깃거리를 읽고 싶은 욕망은 밥을 먹거나 놀러가고 싶은 욕망보다 더욱 강한 것이었습니다.

소년잡지도 구독을 해서 이웃집에 있는 아이들과 잡지를 바꿔 보기도 했습니다. 그뿐만이 아닙니다. 읽을거리를 찾아 떠도는 제게 매일 저녁 배달되어 오는 아버지의 석간신문은 적절한 표적이었습니다. 처음에는 시사만화만 읽다가 서서히 옆에 있는 기사들을 읽다보니, 거의 국한문 혼용체인 신문도 큰 어려움 없이 읽게 되었습니다. 한자 공부가 자연스럽게 된 셈입니다.

초등학교에 들어가서는 학급문고라는 것이 있었습니다. 아이들이 한 권씩 집에서 가져온 책을 모아놓고 읽게 만든 것입니다. 과밀학급이었던 그때는 한 반에 70~80명의 아이들이 있었습니다. 한 사람당 한 권씩만 책을 가져와도 학급문고는 제법 읽을 만한 분량이 되었습니다. 체육시간이 되어 아이들이 바깥에 나가 뛰어놀 때, 저는 학급문고를 꿰차고 앉아 읽기 바빴습니다. 한두 달이면 학급문고 전체를 다 읽어버렸습니다. 읽기에 대한 갈증은 정말 타는 목마름이었습니다. 그런 저의 성화에 견디다 못한 아버지는 5학년 때 저에게 당신의 책장을 열어주셨습니다.

"자, 이제는 어른 책을 읽어도 되겠다. 맘껏 읽어라."

아버지가 열어주신 책들은 저에겐 보물창고였습니다. 삼국지를 비롯하여 세계문학전집, 한국문학전집, 수필문학전집은 물론 셰익스피어 전집까지도 모조리 읽어버렸습니다. 아버지의 장서 수백 권이 제 손 안에서 초토가 된 것입니다.

중학교에 들어갈 무렵 이미 저의 독서량은 수천 권에 달하고 있었습니다. 그런 저에게 중학교 1학년 때 담임선생님이 말했습니다.

"정욱아, 너는 커서 소설가가 되겠구나."

하지만 저는 그때 소설가의 꿈이 전혀 없었습니다. 먼 훗날 작가가 된 뒤에야 저는 그때의 담임선생님을 찾아뵈었습니다. 선생님은 크게 웃으며 말했습니다.

"녀석아, 내가 너 소설가 될 거라고 말했지?"

선생님의 학생 보는 눈은 이렇게 날카로웠던 것입니다.

다섯 살 때부터 시작한 독서는 저의 핵심역량이 되었고, 평생을 함께 하게 되었습니다. 책을 통해 저는 인생을 배웠고, 삶의 고민을 알게 되었습니다. 그리고 제가 겪은 장애의 고통을 뛰어넘을 수 있는 지혜도 얻었습니다. 요즘도 저는 책을 꾸준히 읽고 있습니다.

저에게 끊임없이 가르침을 주는 책들이 이 세상에는 너무나 많기 때문입니다. 삶에서 부대끼며 겪는 저의 고통에 대한 유일한 위안이 바로 책이라 할 수 있습니다. 책이야말로 저의 위대한 스승입니다.

고향의 힘

"여기는 왜 이렇게 안 변했어요?"

"풍치지구잖아요."

"네? 풍치지구요?"

"그래서 기왓장 하나 손 못 대고 이렇게 살고 있다우."

지금은 쌀집으로 변한 고향집에 가서 인사하니 주인은 우리 아버지의 이름을 알고 있었습니다. 집문서에 전전 주인으로 기록되어 있다는 것이었습니다. 집은 군데군데 손을 봐 형태가 변했지만 어린 시절 기억하는 모습을 제법 간직하고 있었습니다.

오랜만에 찾아가 본 제 고향 동네는 30년 전 모습 그대로였습니다. 낡아빠진 한옥들은 지붕 위에 비닐 커버를 씌워 새는 빗물을 간신히 막았고, 어려서 제가 낙서하면서 놀던 빨간 벽돌담도 그대로였습니다. 도심에 가까운 마포구 대흥동 81번지는 변함없는 옛 모습으로 그렇게 무덤덤한 얼굴로 저를 반겨주었습니다.

어려서 뛰어 놀던 공터, 그토록 넓고 커서 널마당이라 불린 곳은 이제 보니 도시계획선이 지나간 조금 넓은 도로일 뿐이었습니다. 남북으로 뻗은 그 널마당을 중심으로 동쪽으론 신축이 허가됐는지 다세대와 빌라가 들어서 있었고, 서쪽의 나지막한 한옥들은 풍뎅이처럼 세월을 삭히고 있었습니다.

제주도가 고향인 부모님이 서울에 올라와 자리를 잡은 곳이 도심을 벗어난 새로 생긴 동네라는 의미의 '신촌' 하고도 크게 흥한다는 '대흥동' 이었습니다. 초등학교 시절을 그 동네에서 보낸 저는 고향이라고 부를 만한 곳이 거기밖에 없습니다. 흔히 서울 아닌 시골이 진정한 고향이라고 말들을 하지만 60~70년대 이후 많은 사람들이 서울에서 성장한 이상 어린 시절 살던 동네가 고향이 될 수밖에 없는 것이 오늘날의 현실입니다.

유년의 기억을 돌이키면 저도 모르게 자연히 널마당의 추억으로 돌아갑니다. 당시 급격한 산업화를 이루던 우리 사회에서는 너나 할 것 없이 농촌을 떠나 서울로 무작정 상경하는 것이 사회현상 중 하나였습니다. 토박이들이 사는 동네, 혹은 생활편의시설이 갖춰진 동네인 사대문 안을 문안이라 부를 때, 영등포나 청량리처럼 신촌은 하나의 부도심 역할을 하고 있었습니다. 간혹 집을 수리하는 데 필요한 물건이 있으면 아버지는 문안에 가서 사 와야겠다고 하셨습니다.

집집마다 시골에서 올라온 사람들이 세를 살았고, 방 두 개짜리 열다섯 평 한옥에 살던 우리도 안방에 모든 식구들이 살면서 건넌방을 세 주었습니다. 건넌방에 세 살던 아이들이 우리 또래였는데, 함께 놀다 싸울 때마다 그 아이의 엄마가 서러워하던 것이 어렴풋이 기억납니다. 그들도 나중에는 집을 사서 좀 더 윗동네로 이사를 갔습니다.

학교만 다녀오면 그 널마당에는 아이들이 쏟아져 나와 발악을 하듯이 뛰어 놀았습니다. 구슬치기, 땅따먹기, 기마전, 공차기, 폭음탄 터뜨리기 등등…….

널마당에는 뽑기 장수 아저씨 둘이 경쟁적으로 영업을 했습니다. 그들은 아이들의 코 묻은 돈을 알겨내기 위해 설탕에 소다를 부어서 열심히 뽑기를 만들었고, 아이들은 모자나 십자가 형태를 잘 뽑아내면 또 하나 공짜로 먹는다는 재미로 5원, 10원을 들고 나가 써버리곤 했습니다.

간혹 여름에 가뭄이 들면 구청에서 나온 살수차가 탱크 가득 물을 담아 올라옵니다. 그러면 온 집안의 양동이며 그릇을 들고 나가 물을 담아 퍼 날라야 했습니다. 동네에 있는 공동우물에서 퍼온 물은 허드렛물로 쓰고 구청에서 보내준 물은 식수로 마셨던 기억이 납니다.

어스름 저녁이 되면 가끔 손수레를 개조해 허니문 카를 만들어 끌고 온 아저씨가 옵니다. 아이들에게 돈을 10원씩 받고 거기에 태워줍니다. 기껏해야 2미터 정도 되는 높이까지 올라갔다 내려오지만 그 위에서 내려다보는 온 동네의 풍경은 정말 새로운 것이었습니다. 이태리, 불란서, 미국……. 허니문 카에는 나라 이름들이 들어 있었습니다. 지금은 거의 다 가본 나라이지만, 오히려 어린 시절 그 허니문 카의 추억이 더 그리운 것은 왜일까요.

어린 시절을 배경으로 한 동화 작품을 하나 구상해서 출판사에 넘기면 그림 작가와 함께 그 동네를 방문하곤 합니다. 내가 살았던 동네를 보여줘야 작가가 분위기를 이해하기 때문입니다. 대부분 미술을 전공한 작가들은 우리 동네에 와보면 숨겨놓은 보물이라도 발견한 것처럼 기뻐합니다. 서울 시내에 아직 이런 동네가 남아 있느냐며 경탄을 금치 못합니다.

차로 들어갈 수 없는 작은 골목과 현대식 빌딩이 한 장소에 어우러져 있기 때문에 서울의 역사를 한눈에 보는 것만 같습니다.

"이 집 혹시 다시 사실려우?"

주인아저씨가 지나가는 말처럼 물었지만 저는 고개를 저었습니다. 고향은 추억으로서 의미가 있는 것이지, 소유하는 재화로서의 의미는 없는 것이기 때문입니다. 풍치지구가 되어서 집주인은 불만이라고 하지만 제 개인적인 마음으로는 오래도록 해제되지 않고 그 모양 그대로 간직되었으면 합니다.

50을 이미 넘은 나이가 되어 있지만, 여전히 어린 시절의 추억과 그 고향의 힘으로 살고 있는 것 같습니다. 시대는 변하고 사람도 변하지만 변치 않는 것은 고향이 주는 추억과 고향이 주는 푸근함, 바로 그것입니다.

아버지의 등

　부모님은 강한 호기심을 가진 저를 위해 좋은 구경거리가 있다거나 하면 최대한 보여주려 애쓰셨습니다. 초등학교 6학년 때로 기억합니다. 토요일 오후에 귀가하신 아버지는 저와 동생들에게 새로운 산업 전람회를 구경 가자고 하셨습니다. 그건 물론 저의 견문을 넓혀 주기 위함이었습니다.

　아버지는 저를 업고 여의도로 가셨습니다. 요즘이야 안 그렇지만 당시는 그런 구경거리가 무척 적을 때였습니다. 게다가 요즘처럼 눈코 뜰 새 없이 바쁘지도 않은 시절이니 구경거리에 사람들이 몰리는 게 당연했습니다. 여의도 광장엔 긴 줄이 늘어서 있었습니다. 저를 업고 그 줄을 보신 아버지는 한 치의 망설임도 없이 줄의 앞으로 다가가 서 있는 중고등학생들에게 말하는 것이었습니다.

"어이, 학생들! 미안하지만 우리 애가 몸이 불편해서 그러니깐 새치기 좀 하자구~!"

아버지의 넉살에 중고등학생 형들이 순순히 자리를 양보해 주어서 저는 긴 줄 서지 않고 바로 입장할 수 있었습니다. 하지만 저의 얼굴은 화끈거리기만 했습니다. 장애인이었음에도 장애를 인정하지 않으려 했던 저는 당당하게 줄을 서서 입장하길 원했습니다. 저도 그들과 다를 것 없다는 자존심이었고 특별대우를 받기 싫다는 제법 기특한 생각이었습니다.

그러나 아버지는 저의 그런 마음을 묵살했습니다. 몸이 불편한 장애인이 갖는 당연한 권리라고 여겼기 때문입니다. 이미 장애로 인해 동등한 조건으로 경쟁하거나 생활하기 어려울 바에는 비장애인들이 편의를 봐주고 배려해야 한다는 생각을 하셨던 것입니다.

나중에 커서 제가 미국 등의 선진국을 다녀보니 장애인은 아예 줄을 서지도 않았습니다. 아무리 긴 줄이 늘어서 있어도 장애인은 언제나 맨 앞이었습니다. 디즈니랜드를 갔을 때 미국에 사는 조카는 걱정스럽게 말했습니다.

"고모부! 하루에 디즈니랜드를 다 볼 수 없어요. 줄이 너무나 길어요."

그런데 이게 웬일?

휠체어를 탄 제가 나타나자 각종 놀이기구 앞에 섰던 직원들이 우리 일행을 앞으로 오라고 하더니 제일 먼저 태워주는 게 아닙니까. 덕분에 신이 난 건 조카였습니다. 하루 만에 그 많은 놀이기구를 줄 서지 않고 다 타볼 수 있었으니, 꿈인가 생시인가 싶었을 것입니다.

그렇기에 새치기를 당당하게 하는 아버지의 마음은 당시로선 선진적(?)인 발상이었던 셈이지요. 물론 당신의 속내는 저를 업고 오랜 시간 줄을 서 있기 괴로워서일 수도 있겠지만……

아버지 덕에 저는 당시로서는 첨단 산업제품이던 디지털 전자시계를 처음 구경했던 게 기억납니다.

그 뒤 중학교 3학년이 되던 해 여름이었습니다.

저는 별로 해보지도 못했으면서 낚시를 좋아했습니다. 넓은 강이나 호숫가에 앉아 은빛 찬란한 물고기를 낚는 꿈을 늘 꾸는 아들을 둔 아버지의 마음은 참으로 애타는 것이었으리라 생각합니다. 혼자 힘으로는 그 좋아하는 낚시를 다니지 못하는 저를 위해, 아버지는 어느 날 낚시도구를 챙겨 제 동생들을 데리고 함께 낚시를 가기로 했습니다.

직장 동료들에게 어느 곳에 가면 물고기가 많은가를 물어보신 뒤 아버지는 파주 어디쯤의, 붕어가 많이 나온다는 오리골 저수지를 알아내셨습니다.

지금도 잊히지 않습니다. 저는 방학을 했지만 아버지는 휴일이 없기에 7월 17일 제헌절이 우리의 D데이였습니다. 아버지는 저를 업고 동생들은 낚시 가방을 든 채, 우리는 불광동 시외버스 터미널에 도착했습니다.

찜통 같은 더위에 아버지 등에 업혀 후덥지근한 시외버스에 올랐습니다. 당시엔 버스에 에어컨도 없었습니다. 버스는 이윽고 덜컹거리며 출발했고, 우리는 한참 뒤 목적지에 도착할 수 있었습니다.

개구리가 풀섶 사이로 뛰고 매미소리가 요란한 시골길을 아버지는 저를 업고 하염없이 걸었습니다. 목이 매우 탔고 땀은 비 오듯 흘러 업힌 저도 고역이 아닐 수 없었습니다. 얼마를 그렇게 걸었을까. 아버지는 저를 풀섶에 앉히고 잠시 쉬었습니다. 그때 아버지의 등을 질펀하게 적시며 흐르는 땀을 저는 보았습니다.

"아버지 너무 힘드시죠?"
제가 그런 아버지가 안쓰러워 물었습니다.

"괜찮다! 사랑하는 우리 아들이 낚시를 하고 싶다는데 내가 어딘들 못 가겠냐?"

전 그 말씀에 목이 메었습니다.

그날 저는 한 마리의 고기도 낚지 못했습니다. 더운 여름날의 대낮 낚시가 잘 될 리 없는 건 상식이었습니다. 하지만 제가 낚은 것은 분명 있었습니다.

그건 바로 아버지의 사랑이었습니다.

그런 아버지의 사랑 덕에, 저는 지체장애를 가지고도 남들보다 더 많은 경험을 하면서 그것을 바탕으로 왕성한 호기심과 탐구심으로 사물을 관찰하고 살피게 되었습니다.

장애가 있더라도 노력하면 할 수 있다는 것을, 포기하지 않으면서 사는 법을 배운 것은 오롯이 땀에 젖은 아버지의 등 때문입니다.

좀 더 좋은
세상으로

1992년 문화일보에 단편소설로 등단하고 몇 권의 소설책과 창작집도 발표했지만, 저는 동화작가로 더욱 많이 소개되고 있습니다. 소설에 대한 구상과 창작은 계속 이어가지만, 동화가 저의 창작 세계에서 많은 부분을 차지하고 있는 것 또한 부인할 수 없는 사실입니다.

애초부터 제가 동화작가를 꿈꾸었던 것은 아닙니다. 하지만 사필귀정이라는 말이 있듯이 저는 동화를 써야 할 운명을 어느 정도 타고난 것이 아니었나 하는 생각이 듭니다.

대학에 들어와 처음으로 문학이라는 것을 알게 되고 작가가 되어야겠다는 꿈을 꾸기 시작한 것이 1981년입니다. 국문학을 제 인생을 걸 숙명으로 받아들였습니다. 그 후 지리하고도 오랜 습작

기간이 이어졌습니다. 동시에 대학원에 진학해 문학의 이론과 실기, 양면에 걸친 공부가 계속되었습니다. 물론 중간중간 여러 번 신춘문예라든가 문예지 등에 투고를 했지만, 그 결과가 참패로 끝나는 일이 많았습니다. 가끔은 당선 직전까지 갔어도 등단의 문은 쉽게 열리지 않았습니다.

오히려 대학에서 강의를 하면서 학생들에게 작문을 가르쳤던 업적들이 책으로 발간되기도 했습니다.

1990년에 발간된 〈글힘돋움〉이라든가, 〈살려 쓸 우리말 4500〉 같은 글쓰기 관련 책들이 시중에 나와 독자들의 사랑을 받고 있을 무렵이었습니다. 저는 어린 시절의 일을 경험으로 삼은 작품 하나를 구상하게 되었습니다. 내가 자랐던 동네에서 있었던 실화에 상당 부분 바탕을 둔 이야기였습니다. 오랜 시간에 걸쳐 초고를 완성했고 그것을 아는 평론가 선배에게 전해주게 되었습니다. 그런데 그 선배는 작품에 대해서 이렇다 저렇다 말이 없었습니다.

마냥 기다리고만 있던 어느 날, 갑자기 W출판사에서 제 작품을 출간하겠노라고 연락이 왔습니다. 소년 소설 같은 내용이라며, 동화로 개작해서 발간하고 싶다는 거였습니다. 그것도 나쁘지 않겠다는 생각에 작품을 손보기 시작했습니다.

지금은 어떤지 모르지만, 그때만 해도 W출판사는 영업부의 의견을 존중해서 작품의 내용까지도 규정하는 특성을 가지고 있었습니다. 한 권의 책으로는 분량이 많기 때문에 두 권으로 나눠 달라는 주문이 있어 저는 몇 개월간 끙끙대며 상하 두 권이 될 수 있도록 구성을 고쳤습니다. 그러자 또 한참 뒤 그들은 상하로 해서는 상권밖에 팔리지 않을 것 같다며 다시 정리해서 한 권으로 합쳐 달라고 했습니다. 아직 등단도 하지 않은 초짜 작가인 저는 그들이 원하는 대로 다시 고쳐 주었습니다.

마침내 몇 번의 힘든 수정 과정을 거쳐 그 해 작품은 책으로 나왔습니다. 마침 그 무렵 박사 논문 심사에도 통과하여 학문의 길에서 한 매듭을 짓게 되었습니다. 좋은 일은 함께 온다고 했던가요. 그해 연말 문화일보 신춘문예에 제 단편소설 〈선험〉까지 당선되는 바람에 저는 책도 출간하고, 박사학위도 받고, 작가도 되는 경사를 한꺼번에 맛볼 수 있었습니다.

그 후 동화에 대한 관심은 이어지지 못했고, 저는 다양한 작업들을 통해서 전업 작가로의 길을 걸었습니다. 그러던 가운데 1997년으로 기억합니다. J출판사에서 시중에 나와 있는 수많은 동화 작품들 가운에서 옥석을 골라 편저를 만들고 싶다는 제안을

해왔습니다.

정말 아이들이 읽었을 때 도움이 되고 감동적일 작품만을 추려서 학년별로 권장 동화모음을 만들겠다는 것이었습니다. 저작권 문제는 출판사가 해결하고, 저는 좋은 작품만 골라내면 되는 일이었습니다.

하지만 시중에 나와 있는 동화책을 전부 읽는다는 게 어디 보통 일인가요. 저는 망설이지 않을 수 없었습니다. 그러자 출판사에서는 원하는 책은 다 구해 올 테니 읽는 일만 하라는 거였습니다. 좋은 작품을 골라 어린이들에게 읽히는 것도 대학에서 문학을 전공한 제 사명 가운데 하나라는 생각에, 저는 그들의 제안을 받아들였습니다.

얼마 후 제 비좁은 작업실로 출판사 직원들이 책을 날라 들여오기 시작했는데 한 트럭 가까운 엄청난 분량이었습니다. 출판사끼리 책을 구하는 일은 아무래도 개인이 구하는 일보다는 쉬웠을 테지요. 결국 제 작업실은 천장까지 책들이 가득 들어차다 못해 바닥에 깔아야 할 지경이었습니다. 정해 놓은 기한은 1년. 1년 동안 그 책들을 다 읽고 좋은 것들을 골라 달라는 것이 그들의 주문이었습니다.

그 후 저는 그 많은 시중의 동화책들과 싸움을 하듯 책을 읽어야 했습니다. 하루에 열 권을 읽은 적도 있었고 다섯 권을 읽은 적도 있었습니다. 동화이기에 내용을 깊게 파고 들며 읽을 만큼 난해하지 않아 다행이었습니다. 밥 먹으면서도 읽고, 녹차를 마시면서도 읽었습니다. 다른 작업을 하다가도 머리를 식힐 겸 읽었고, 집에 가져다가 잠자는 머리맡에 두고 읽기도 했습니다.

그렇게 읽은 책들 가운데서 몇 백 권은 다시 출판사로 돌려보내는 일들이 반복되었습니다. 간혹 좋은 작품이 얻어 걸리면 그 작품은 표시를 해서 빼 놓는 단조로운 일이었지만. 읽는 동안은 즐거웠습니다. 동심의 세계로 돌아갈 수 있었기 때문입니다.

마침내 1년 만에 저는 2천~3천여 권 가까운 대표적인 동화책을 읽어내는 일을 해내고 말았습니다. 우리나라 창작동화의 현주소를 알게 된 것입니다. 출판사에 그 모든 책들을 돌려보내고 나니 제 작업실은 휑하니 쾌적해졌습니다. 하지만 제 머릿속에는 몇 가지 새로운 생각이 자리 잡았습니다. 그 생각들은 지금도 저의 작품에 지침이 됩니다.

그런 과정을 거쳐 나오게 된 책이 1999년에 발간된 〈아주 특별한 우리 형〉입니다. 동화를 쓴다면 수없이 많은 작가들이 쓰는 그저 그런 평범한 이야기들, 동화라면 누구나 쉽게 떠올릴 수 있는 아름답고 슬프고 재미난 이야기들을 쓰지 않겠다는 결심을 했습니다. 이것이 동화를 쓰는 저의 첫 번째 마음가짐으로, 저의 장애를 동화를 통해서 알리기로 마음먹은 계기였습니다. 그래서 그 때 한 결심은 장애를 유형별로 다 소개하겠다는 것이었고 가장 먼저 손을 댄 것이 뇌성마비였습니다. 뇌성마비 장애아가 주인공인 〈아주 특별한 우리 형〉을 통해서였습니다.

다행히 장애인계에서 활동하고 있던 저였던지라 모델은 주변에서 쉽게 찾을 수 있었습니다. 그 친구들을 중심으로 이야기를 꾸미고 글을 써 나가기 시작하면서, 저는 이 작품을 우리 어린이들이 읽고 분명히 장애인에 대해서 새로운 시각을 가지리라는 확신이 섰습니다.

장애인계의 몇몇 사람들이 그때 말했습니다. 장애인들의 칙칙한 이야기들을 어린이들이 읽겠느냐고. 하지만 제 생각은 달랐습니다. 동화야말로 장애의 문제를 가장 정확하게 제대로 표현해 낼 수 있는 장르라고 믿었습니다. 고난과 역경이 있고, 그 어려움을 이겨내 승리를 얻어내는 감동. 그것은 바로 창작동화의 영역이었기 때문입니다.

결국 능력 있는 세 명의 실존 인물을 합쳐 놓은 종식이라는 캐릭터가 탄생했고 〈아주 특별한 우리 형〉은 완성되었습니다.

발간하고 나서 주인공 종식이가 너무 완벽한 인물로 그려졌다는 지적이 있었지만 제 생각은 다릅니다. 어차피 누군가 특별하게 뛰어나고 훌륭한 능력을 가진 사람의 이야기여야 독자들이 좋아하기 때문입니다. 나와 다를 바 없는 사람의 평범한 이야기라면 누가 읽겠습니까.

두 번째 마음가짐은 편집자의 역할을 전적으로 존중해야 한다는 겁니다. 간혹 편집자들이 저에게 의견을 제시할 때 두려워하며 조심스럽게 말하는 경우가 있는데, 저는 그런 그들에게 조심스러워할 필요가 없다고 말합니다. 하고 싶은 말이 있으면 기탄없이 하고 지적할 곳이 있으면 날카롭게 지적해달라는 겁니다. 그래서 제 작품을 다루는 편집자들은 제 원고에 시뻘겋게 교정과 교열 사항을 지적해서 돌려보냅니다. 저는 군말 없이 그들이 지적한 내용을 받아들여 원고를 고치고 검토하며 고민합니다.

원고라는 것이 무엇인가요. 저의 권위가 원고는 아닙니다. 원고는 독자들에게 다가가기 위해 작가가 정성껏 준비하는 하나의 작은 선물일 뿐입니다. 그 선물을 좀 더 예쁘고 감동적이고 아름답게 포장하고 가꾸는 일은 작가인 저뿐만 아니라 편집자와 출판사, 다 같이 고민해야 할 부분입니다. 그러한 어려운 과정을 거쳐서 좋은 작품이 되면 결국 그 작품은 제가 쓴 것이 됩니다. 그렇기에 스티븐 킹 같은 뛰어난 베스트셀러 작가도 다음과 같이 이야기했습니다.

"창작은 인간의 영역이지만 편집은 신의 영역입니다."

A출판사에서 실패했던 작품을 B출판사에서 새롭게 편집해서 빛을 보는 경우를 우리는 많이 봅니다. 편집자들의 눈, 그것은 바로 독자의 눈임을 염두에 두어야 할 것입니다.

그리고 세 번째로 이야기하고 싶은 것은 어린이들에게 읽히는 책은 어린이들의 언어와 지적 수준에 맞춰야 한다는 점입니다. 저에게는 요즘도 매일 여러 권의 책들이 여러 출판사에서 배달되어 옵니다. 가장 먼저 그런 책들을 검토할 때 보는 기준은, 과연 정확한 어린이들의 언어로 올바른 문법과 어법에 맞추어 쓰였는가 하는 것입니다.

초등학교 저학년, 중학년용을 대상으로 하는 책에 어려운 한자 용어가 그대로 드러난다거나 그걸 개선해서 쉬운 말로 쓰려는 노력이 보이지 않는 작품, 그런 작품을 저는 어린이 독자들을 위해서 쓰는 글이라고 인정하지 않습니다.

아동문학은 특수한 독자층을 상대로 한 글입니다. 그리고 어린이들에게 독서 습관을 길러주고 그럼으로써 그 어린이들이 올바른 사회인으로 성장할 수 있도록 이끌어주는 나침반 역할을 해야 합니다. 어렵고 딱딱한 문체와 불친절한 설명과 표현으로 점철된 글로 어찌 어린 독자들을 창작동화의 세계에 끌어들일 수 있겠습니까.

끝으로는 강력한 흡인력으로 독자들을 빨아들일 수 있어야 합니다. 한 마디로 재미가 있어야 한다는 것입니다. 비디오나 영화, 텔레비전, 게임은 상상을 초월하게 재미있습니다. 이런 매체들에게 어린이들을 빼앗기면서 작가들은 출판의 위기를 논합니다. 그러나 과연 그런 장르들과 경쟁할 수 있을 만큼 강력한 재미를 주는 작품이 얼마나 있었던가요. 창작동화를 쓰는 사람들이 필히 염두에 두어야 할 부분이라 생각합니다.

저 역시 그렇기에 늘 쓰는 작품들을 어린 독자들에게 읽히며 지적을 받습니다. 이를 토대로 작품을 고치며 조금이라도 나은 작품이 되도록 노력합니다. 그러나 인간 삶에 완성이 있을 것인지, 장애 유형별로 다 써 보겠다는 포부는 아직 반의 반도 이루지 못했습니다. 그러는 가운데 장애인 주변 사람들의 고통과 번민까지도 눈에 들어와서 최근의 작품들에선 그러한 모습들이 나타나고 있습니다. 장애인을 친구로 둔 아이, 장애인을 자녀로 둔 부모, 혹은 장애인 부모를 둔 자녀의 이야기 등등, 제가 파고들어 평생을 바쳐 다루고자 하는 장애인 문제는 이처럼 크고도 광범위합니다.

다행인 것은 많은 동료 작가들이 장애인 영역에 관심을 두고 작품들을 쓰고 있다는 겁니다. 그들에게 고맙게 생각하고 있습니다. 다만 당부하고 싶은 것은 장애인의 문제만큼 민감하고 조심스러운 소재는 없다는 것입니다. 혹여 작품을 다루거나 쓰게 된다면 꼭 관련 당사자들, 이를테면 특수교육 교사라든가 장애인 본인 혹은 관계자 등에게 잘못 쓰인 부분이나 편견과 차별로 잘못 표현된 부분은 없는지 꼭 확인하기 바랍니다. 말 한 마디, 표현 하나로도 상처 입고 좌절하는 것이 이 땅의 소수자인 장애인들이기 때문입니다. 진정으로 장애인을 배려하고 그들을 사랑하는 마음을 담고 있는 작가라면, 그 정도 수고는 아끼지 말아야 한다고 생각합니다.

더욱 많은 작가들이 장애인 문제에 동참했으면 좋겠습니다. 그럼으로써 먼 훗날, 저와 동료 작가들의 작품을 읽은 어린이들이 커서 만드는 세상에서는 장애인에 대한 차별과 편견, 멸시, 천대가 없어지길 바랍니다. 그 세상에 저는 있지 못하겠지만, 그래도 누군가는 기억할 것입니다.

한 장애인 작가가 있어서 자신의 이야기를 있는 그대로 다루고, 어린 친구들에게 이야기해 줌으로써 그 어린이들이 커서 이 세상을 조금 더 좋은 곳으로 만들었다고. 그런 얘기를 들을 수 있다면, 오늘도 밤늦은 시간까지 글밭을 파는 소출 적은 농사를 짓는 농부인 저로서는 더 이상 바랄 게 없겠습니다.

어머니에게
마지막으로 업힌 날

　어머니가 가쁜 숨을 몰아쉬며 저를 업고 1학년 15반에 들어섰을 때, 주의사항을 일러주던 담임선생님은 말을 멈췄습니다. 교실은 찬물을 끼얹은 듯 조용해졌습니다.

　"죄, 죄송합니다. 우리 아들 몸이… 불편해서요……."

　숨가쁜 어머니의 말에 당황한 선생님은 저를 황급히 맨 앞자리에 앉게 하셨습니다. 그렇게 저는 또 한 번 장애로 인해 많은 사람의 구경거리가 되어야만 했습니다.

　제가 어린 시절 소아마비에 걸리자, 하늘이 무너지는 듯한 심정으로 어머니는 저를 업고 전국 방방곡곡, 용하다는 병원과 한의원을 찾아다녔습니다. 몸에 좋다는 것은 어떻게 해서든 구해 먹이며 어머니는 제 몸을 고쳐보려 애썼습니다. 하지만 백약이 무효, 결국 그때부터 저는 하체를 쓰지 못하는 장애인이 되고 말았습니다. 혼자 힘으로 서지도 못하고, 한 치도 움직이지 못해 까딱하면 사람 구실 못할 위기에 빠진 장애인, 그게 바로 저의 모습이었습니다.

주위에서는 그런 저를 갖다 버리라고까지 했답니다. 먹고 살기가 그만치 어렵던 시절, 저 같은 장애아는 외국으로 입양을 가거나 수용시설에 팽개쳐져 짐승처럼 사는 경우가 많았습니다. 어머니는 자식을 내다버릴 거면 차라리 같이 죽겠다는 각오로 저를 키우셨습니다. 그것이 아슬아슬하게 넘긴 저의 첫 번째 위기였습니다.

두 번째 위기는 학교를 입학할 때 왔습니다. 혼자서는 어디에도 갈 수 없는 제가 학교를 혼자 다닌다는 건 불가능한 일이었습니다. 가정 형편이 되는 집은 저 같은 애를 장애 아동을 위한 특수학교에 입학시켰습니다. 일반 학교에서 철없는 아이들에게 놀림과 차별, 따돌림의 대상이 되는 것을 부모들이 못 견디기 때문입니다.

그러나 우리 집은 그런 정도로 부유하지 않았습니다. 결국 저의 선택은 일반 학교를 다니느냐 마느냐였습니다. 어머니는 당신이 매일 업어서 다니겠노라고 결심을 하셨고, 저는 동네 초등학교에 입학했습니다. 그 뒤 어머니는 아침에 저를 한 번 업어서 학교에 데려다 놓은 뒤 학교가 파할 무렵, 다시 한 번 더 학교에 와서 저를 업고 집에 왔습니다. 그러다 고학년이 되어 도시락을 싸 가게 되자, 저에게 찬밥을 먹일 수는 없다면서 직접 밥을 해서 점심 때 다시 한 번 더 오셨습니다. 하루에 세 번을 오로지 이 아들을 위해 먼 학교까지 걸음을 하시는 거였습니다.

어느 날 아이들이 찬밥을 먹느라 목이 메는 것을 보신 어머니는, 다음날부터 커다란 주전자에 보리차를 끓여 들고 오셨습니다. 아이들의 양은 도시락 뚜껑에 어머니는 일일이 따뜻한 보리차를 따라주셨습니다. 오로지 장애가 있는 아들이 아이들과 잘 어울리며 공부하고 커 나가길 바라는 마음이셨습니다.

그렇게 무사히 초등학교를 졸업한 저는 집에서 가까운 중학교에 진학을 했습니다. 다행히 중학교부터는 스스로 목발을 짚고 걸어 다닐 수 있게 되었습니다. 그건 오래도록 이어진 피나는 훈련의 결과였습니다. 어머니의 무거운 짐인 제가 스스로 어머니의 등에서 내려온 겁니다. 게다가 중학교에서는 1층에 교실을 배정받아 별 어려움 없이 학교를 다닐 수 있었습니다.

고등학교에 진학한 첫날, 입학식을 마치자 모든 학생들이 자신이 배정받은 반으로 들어가 담임선생님의 지시를 따르라는 명령이 내려졌습니다. 운동장은 순식간에 비워졌습니다. 규율이 바짝 든 신입생들이 눈 깜짝할 사이에 각자의 반으로 찾아간 겁니다. 제 손에 쥐어진 배정표는 1학년 15반, 4층 꼭대기의 교실이었습니다.

어머니는 이미 덩치가 커진 저에게 아무 망설임 없이 등을 대셨습니다. 어머니의 등에 업힌 저는 손으로 목발을 드는 일밖에 할 게 없었습니다. 이미 조용해진 교사의 계단을 어머니는 한 칸씩 힘겹게 올라가셨습니다.

울컥! 제 목구멍에서 뜨거운 것이 치밀어 올랐습니다.

왜 하필 나는 장애인이 되어서 이렇게 어머니를 고생시키나?

이런 고통이 언제까지 계속되어야 하나?

대상을 알지 못할 분노가 제 어린 뇌리에 가득했습니다. 하지만 어머니는 당신의 벗어버릴 수 없는 숙명처럼 저를 업고 2층, 3층, 4층을 차례로 오르셨습니다. 어머니의 마음에 무엇이 들어 있었는지 저는 알 길이 없습니다. 그저 주어지는 대로 인생을 살아가야 한다는 어렴풋한 각오만 제 안에 가득했습니다.

1학년 15반 담임 선생님은 종례가 끝나자 어머니에게 다가와 말했습니다.

"이 교실에서 공부하는 건 무리네요. 내일은 아래층 교실로 바꿔 드리겠습니다."

다음날 저는 1학년 3반으로 가게 되었습니다. 3반은 2층에 있는 반이었습니다. 저 대신 한 아이가 15반으로 가방을 싸서 올라갔습니다.

그 후 저는 계단 오르는 법을 익혀 혼자 힘으로 고등학교를 다녔습니다. 목발을 짚느라 제 손바닥 곳곳엔 온통 두꺼운 굳은살이 박였습니다. 그러나 어머니의 등에 다시 업히지 않아도 된다는 기쁨과 홀가분함이 더 컸습니다.

흔히 사람들은 불편한 턱과 계단 앞에서 장애인을 업어주거나 들고 나르는 것이 가장 간단한, 그러면서 인간적이고 감동적이기까지 한 해결책이라 생각합니다.

하지만 그것은 틀린 생각입니다. 적절한 편의시설만 갖춰진다면 대부분의 장애인들은 혼자서 모든 일을 해결할 수 있습니다. 그리고 그건 모든 장애인들이 원하는 바입니다. 남의 도움을 매일 받으며 미안하다, 고맙다를 입에 달고 다니며 살고 싶은 사람은 이 세상에 하나도 없기 때문입니다.

　오늘날까지 저는 독립적인 장애인으로, 남에게 의존하지 않으며 내 가족을 부양하는 자유로운 한 인간으로 살아가고 있습니다. 이것은 모두 강인함을 몸소 실천함으로써 저에게 보여주신 어머니의 희생과 노력 덕분입니다

3장 열정이라는 이름의 용광로

저는 감히 이제는 말할 수 있습니다.
우리네 인생에 길이 있다면, 그저 내가 가는 길이 있을 뿐입니다.
오늘 내가 할 일은 그 길을 묵묵히 가는 겁니다.
가다보면 진흙탕에, 절벽에, 험한 오르막길이 나올 수도 있지만
예쁜 꽃이 피어 있는 오솔길이나, 탁 트인 넓은 길도 나올 것입니다.
힘들게 언덕을 오르면 시원한 바람이 내 땀을
식혀주기도 합니다.
내가 할 일은 내가 가는 길을 열심히 가는 것뿐입니다.
탄탄대로는 이 세상 어디에도 없으니까요.

탄탄대로는
없다

　저는 고등학교 때까지 이과 공부를 했습니다. 장애를 가지고 있기 때문에, 장차 의사가 되어 저와 비슷한 장애인들을 돕고 싶었기 때문입니다.

　그런데 대학 입학을 앞두고 장애인은 의학을 전공할 수 없다는 청천벽력 같은 소리를 듣고 말았습니다. 전도양양하던 청소년의 앞길이 콱 막힌 것입니다.

　좌절하고 있던 저에게 담임선생님은 문과 전공으로 지원하라고 하셨습니다. 적성이고, 소질이고 아무 상관이 없었습니다. 오로지 대학을 가야 그나마 사람 구실을 한다는 생각에 저는 부랴부랴 문과로 전환했습니다. 그 결과 저는 국문과에 합격을 했고, 우여곡절과 천신만고 끝에 작가가 되어 20년 넘게 활동을 하고 있습니다. 운 좋게 베스트셀러도 내봤고, 전업 작가로서의 삶을 살고 있습니다.

하지만 저는 늘 생각했습니다.

내가 장애인만 아니었더라면, 의대 입학만 할 수 있었다면, 지금쯤 호의호식하며 존경받으면서 더 행복하게 살지 않았을까 라고요. 그래서 고등학교 동창인 의사들을 보면 내심 부러웠습니다. 때로는 배가 아프기도 했습니다. 잘 나가던 탄탄대로가 막혀 나는 괜히 험한 길을 구불구불 힘들게 간다며 속상해 했습니다.

그런데 어느 순간, 제가 가지 못한 탄탄대로를 걷는다고 생각한 의사나 변호사 친구들과 이야기를 나누면서 저는 깨달았습니다. 그 친구들도 모두 자기가 원래 가고자 했던 길과는 조금씩 달리 갔다는 것을요. 의사를 하는 친구는 요즘 병원 운영이 너무 어렵고 빚이 너무 많다고 했습니다. 변호사 친구도 말했습니다. 요즘 변호사가 많이 쏟아져 나와 도무지 먹고 살 수가 없다고……. 그러면서 그들은 저를 부러워했습니다.

그래서 저는 알았습니다. 인생에 탄탄대로는 없다는 것을.

가지 못한 길도 없습니다. 대부분의 사람들은 어리석게도 자기에게 가지 못한 탄탄대로가 있다고 생각합니다. 그러면서 그 탄탄대로에 대한 안타까움을 늘 가슴에 품고 있습니다. 이건 한 사람도 예외가 없었습니다.

저는 감히 이제는 말할 수 있습니다.

우리네 인생에 길이 있다면, 그저 내가 가는 길이 있을 뿐입니다. 오늘 내가 할 일은 그 길을 묵묵히 가는 겁니다. 가다보면 진흙탕에, 절벽에, 험한 오르막길이 나올 수도 있지만 예쁜 꽃이 피어 있는 오솔길이나, 탁 트인 넓은 길도 나올 것입니다. 힘들게 언덕을 오르면 시원한 바람이 내 땀을 식혀주기도 합니다.

내가 할 일은 내가 가는 길을 열심히 가는 것뿐입니다.

탄탄대로는 이 세상 어디에도 없으니까요.

바람을
일으킵시다

봄이 되니 봄바람이 많이 붑니다.

이번 봄은 봄 같지 않습니다. 4월, 5월이 되어도 아침 저녁으로 쌀쌀해서 겨울에 입던 파카를 꺼내 입어야 할 지경입니다. 바람이 없이 따뜻하고 온화한 날씨만 계속된다면 얼마나 좋을까요. 그러면 안락함이 계속될 텐데…….

우리 삶에는 바람 불지 않는 날이 별로 없습니다.

산들바람부터 거센 폭풍까지 수시로 불어닥칩니다. 때론 피해도 주고 때론 아픔도 줍니다.

문득 생각해봅니다.

바람은 왜 부는 걸까요? 과학적인 근거를 따진다면 기압차에 의해 바람이 붑니다. 기압이 높은 곳과 낮은 곳이 있다면 기압이 높은 곳의 압력이 강하기 때문에 낮은 쪽으로 바람이 부는 것입니다. 겨울에서 여름으로 넘어오는 과정에서 기압이 불안정하다 보니 수시로 예측할 수 없게 불어 젖히는 것이 바람입니다.

그러면 과연 바람은 자연 현상일 뿐일까요? 평온하던 내 마음에 갑자기 바람이 부는 때는 없을까요? 물론 있습니다. 청춘 시절, 나는 아름다운 여학생을 만나거나 가슴 설레는 신나는 일을 눈앞에 두면 내 마음이 바람에 마구 흔들리는 것을 느꼈습니다.

그렇습니다. 사람과 사람이 만났을 때도 바람은 붑니다. 나보다 인생 경험이 많고, 고민을 많이 하고, 삶의 지혜가 있는 열정적인 사람을 만나면 뜨뜻미지근한 삶을 살던 나의 마음이 요동을 칩니다.

내공이 세고 열정이 있는 사람이 고기압이라면 아무 생각 없이 무덤덤하게 살던 사람은 저기압입니다. 그 둘이 만났을 때 비로소 저기압이던 사람의 마음에도 동요가 일고, 자신의 삶을 열정적으로 살고 싶다는 의욕이 고개를 듭니다. 그러면서 고기압인 사람의 삶을 본받고 싶어 합니다. 다른 말로 하면 멘토를 만나는 것입니다. 내공이 강한 사람을 만나 그의 가르침을 받고 그의 삶에서 영향을 받는 것이 바로 바람입니다.

요즘 젊은이들을 보면 삶에 별다른 바람을 일으키지 못합니다. 자신이 할 수 있는 건 아무것도 없다며 무기력해 하는 모습을 종종 봅니다. 그러다 보니 삶의 의욕을 잃고 게임에만 빠지거나 자신이 처한 어려운 현실을 애써 외면하려고 합니다.

기차를 타고 강연을 가다 보면 젊은이들이 부질없는 핸드폰 게임이나, 무료채팅, 혹은 텔레비전 드라마를 보며 시간 보내는 걸 많이 봅니다. 앞으로 창창한 미래의 삶을 위해 투자하고 노력해야 할 소중한 시간을 무의미하게 흘려보내고 있었습니다.

그런 삶에는 꼭 바람이 필요합니다. 고여 있는 마음을 휘저어 놓아야 합니다. 지금이라도 늦지 않았습니다. 내 주위에 강력한 내공을 가지고 있으며, 최선을 다해 살고 있는 사람을 만나야 합니다. 그렇게 하여 내 삶에 바람을 일으켜야 합니다. 그 바람에 나도 움직여야 합니다.

꼭 사람을 만나야만 바람이 일어나는 것은 아닙니다. 나에게 감동을 주는 좋은 책을 읽거나 명화를 보거나 해도 됩니다. 스스로 깊이 생각해 저기압이던 삶을 고기압으로 바꿀 수도 있습니다.

우리 주위에는 삶에 바람을 일으킬 수 있는 요소가 많습니다.

이제부터라도 봄바람을 맞이하듯 내 삶에 흔들림을 줄 수 있는 좋은 계기를 만들기 바랍니다.

오늘도 봄바람을 맞으러 밖으로 나가야 할 것 같습니다.

뇌를 속이면
행복해져요

저는 일 년에 300여 회 강연을 가서 어린이들을 만납니다. 어린이들에게 제 작품을 소개하고, 꿈을 정해서 포기하지 말고 도전하라고 말하면 어린이들이 큰 용기를 얻습니다.

하지만 몇몇 아이들의 얼굴이 어두울 때가 있습니다. 왜 그러냐고 물어보면 가장 큰 문제가 사는 게 즐겁지가 않다는 것입니다. 화가 잘 나고, 꿈이 없어서 노력할 생각이 안 든다고 합니다. 어린이들이 그런 마음을 갖고 있다는 건 참 걱정되는 일입니다. 미래의 주인공들이 그렇게 힘이 없고 우울해서는 안 되기 때문입니다.

그래서 저는 늘 비결을 말해줍니다. 모든 해결 방법은 바로 우리 뇌를 속이는 데에서 비롯된다고요.

우리들의 모든 마음 상태는 뇌에서 조정하는 것입니다. 이 뇌라는 녀석은 굉장히 똑똑한 것 같지만 어리석은 것이기도 합니다. 착각을 잘 하기 때문이지요.

먼저 즐거움에 대해서는 이렇게 하면 됩니다. 일단 아무 이유 없이 웃어봅니다. 처음 5초 정도는 그냥 웃을 수 있습니다. 어색해도 참고 웃는 게 필요합니다. 5초간 웃을 수 있으면 그 다음엔 10초로 늘립니다. 이때 온몸을 움직이며 입을 크게 벌리고 소리를 내서 눈물이 날 정도로 웃습니다. 웃다 보면 갑자기 온몸에 활기가 차고 기분이 좋아지는 걸 느낄 수 있습니다. 그건 바로 뇌에서 도파민이 분비되기 때문입니다. 행복해야 웃는데, 웃으니까 거꾸로 행복하다고 생각해서 호르몬이 분비되는 것입니다. 이렇게 자꾸 뇌를 속이고 웃으면 우리는 점점 행복해집니다. 자연히 얼굴 표정도 밝아질 것입니다.

또 하나의 문제는 화를 잘 내는 것입니다. 별것 아닌 일에 불같이 화를 내고 후회하는 사람들을 자주 봅니다. 화내서 잘했다는 생각을 하는 사람은 거의 없습니다. 화내지 말고 너그럽게 모든 문제를 대화로 풀 수 있어야 합니다. 화는 남에게 상처 줄 뿐만 아니라 결국 나 자신에게도 상처를 입히는 것이니까요.

그럴 때도 뇌를 속이면 간단히 해결됩니다. 누군가가 나의 화를 돋우면, 깊은 숨을 쉬면서 나는 지금 나를 지켜보고 있다고 스스로 생각하는 겁니다. 내가 정말 화를 내는지 화를 참아내고 평화롭게 넘어가는지 지켜보는 거지요. 친구 앞에서 숨이 거칠어지고 욕설을 퍼붓고 덤벼들려고 하는 나를 잘 관찰하면 정말 우스꽝스러울 겁니다. 화내고 나면 분명히 후회한다는 걸 알게 되니까요. 이러면 어느새 화가 슬그머니 가라앉습니다.

뇌는 폭발하려다가 또 다른 내가 지켜보면 부끄러워지거든요. 뇌가 맘대로 하지 않도록 조절하면 가까운 사람들에게 상처를 주고 친구들이나 부모님에게 화내는 일이 줄어들게 됩니다.

꿈이 없다는 우리 아이들에게도 이 방법을 쓰면 됩니다. 대개 꿈이 없으니까 노력을 할 이유도 없다고 합니다. 노력을 하지 않고 실력을 쌓지 않다가 나중에 꿈을 정하면 이미 기초실력이 없어 꿈을 포기하는 경우가 많습니다. 꿈은 뭐가 되었든 일찍 정하는 게 중요합니다. 그러려면 역시 뇌를 속여야 합니다. 내가 잘 할 수 있고, 즐거울 것 같은 꿈을 정한 뒤 매일 뇌를 속입니다.

'나는 할 수 있다. 나의 꿈은 무엇이다. 나는 그 꿈을 위해 노력할 것이다.'

이렇게 자꾸 중얼거리고 소리치면서 상상하면 뇌가 가장 먼저 받아들입니다. 내가 스스로 말하고 생각한 것인데도 뇌는 그 방향으로 움직입니다. 노력도 하게 되고, 게을러지려고 하면 스스로 일어나 달리도록 만듭니다.

이렇게 뇌를 속인 많은 사람들이 훗날 위인이 되고 이 세상에 좋은 영향을 끼쳤다는 것을 사랑하는 우리 아이들에게 꼭 전해주십시오. 그리하여 우리 아이들이 즐겁게 꿈을 향해 도전하는 행복한 시간을 만들었으면 참 좋겠습니다

세계 최고의
학교를 졸업하다

저는 일 년에 엄청나게 많은 전국 강연을 다닙니다. 그뿐만 아니라 매년 십여 권 이상의 저서를 출간하는 역동적인 삶을 살고 있습니다. 그런 제가 휠체어를 타고 있는 장애인이라는 사실을 알면 사람들은 깜짝 놀랍니다. 어떻게 그런 많은 성과들을 이루었느냐고 묻습니다. 그런 그들에게 저는 이렇게 대답합니다.

"제가 세계 최고의 대학을 나왔거든요."

대개의 사람들은 하버드냐, 옥스퍼드냐 되묻지만 그런 대학은 근처에도 가본 적이 없습니다.

그 대학의 이름은 바로 '들이대(大).'

세계 최고의 대학이라고 저는 자부하고 있으며, 많은 사람들은 제 이야기를 듣고 고개를 끄덕입니다.

'들이대'를 나오지 않고 이 세상에서 이룰 수 있는 일은 없습니다. 망설이고 재고 머뭇거리다 들이대 나온 사람들에게 자신의 기회를 빼앗긴 경험들이 한두 번씩 있을 것입니다.

저는 '들이대'를 나왔기에 장애를 가졌지만 박사학위를 받았고, 작가로서 많은 사람들의 사랑을 받고 있습니다. 수많은 제 책들이 베스트셀러가 되었을 뿐만 아니라 결혼할 때도 저는 들이대 출신의 힘을 보여주었습니다. 사랑하는 여인에게 무작정 들이대 결혼을 쟁취했고, 아이도 셋이나 두었습니다. 또한 장애를 가졌지만 비장애인들이 걸어가 보지 못한 전인미답의 길을 걷고 있습니다.

이런 내용을 근간으로 한 저의 강연을 들으면 청중들은 모두 불끈 힘이 솟는다고 합니다. 저 같은 사람도 하는데 왜 자신들이 못하랴 싶은 생각이 든답니다. 들이대고 싶은 용기를 얻는 것입니다.

그쯤 되었을 때 저는 또 다른 질문을 해 줍니다.

"이 '들이대'에 입학하려면 어느 고등학교를 나와야 할까요?"

사람들은 다시 고개를 갸웃합니다. 고등학교까지는 생각을 못해본 것입니다. 들이대를 무턱대고 나오기만 해서는 백발백중 상처를 입습니다. 생면부지의 누군가가 와서 자신에게 들이댈 때 대부분의 사람들은 거절을 하거나 쉽사리 기회를 주지 않기 때문입니다. 열에 아홉은 들이댔다가 깨지는 것이 당연지사입니다. 사람들은 그렇게 되면 큰 상처를 입고 다시는 들이대지 않으려고 합니다. 들이대는 그만큼 실패확률이 큰 수단이기 때문입니다. 좋은 고등학교를 나와야 합니다.

들이대 전 단계의 고등학교는 바로 '아니면 말고(高).'

들이대고 나서 거절당하거나 받아들여지지 않을 때에는 '아니면 말고'라는 마음으로 돌아서야 합니다.

'들이대'와 '아니면 말고'의 개념을 장착한 저의 멘티들이나 제자들은 곳곳에서 성과를 거둡니다. 그래서 원하는 일을 하거나 도전의 기회를 잡습니다. 하지만 들이대는 건 용감하게 했지만 실적이 신통치 않거나 능력을 보여주지 못하는 수도 있습니다. 그러면 아무리 들이대도 소용이 없습니다. 들이대는 것을 받아주고 그들에게 기회를 주었던 사람들이 외면하고 돌아섭니다.

멘티였던 대학생 하나가 찾아와 저에게 말했습니다.

"선생님 말씀대로 열 번을 들이대서 기회를 잡았는데 해보니까 일이 어렵고, 그쪽에서도 신통치 않다고 느꼈는지 별로 흡족해 하지 않던데요?"

'들이대'도 나왔고, '아니면 말고'도 나왔는데, 자신이 뜻했던 일이 제대로 이루어지지 않는다는 게 아닙니까. 그런 그에게 저는 말해 주었습니다. 아니면 말고는 명문 중학교 출신만 받는다고.

"그 중학교는 뭔가요?"

이 질문의 대답은 바로 '열공중(中)'입니다.

열심히 공부한다는 것은 실력을 쌓는다는 의미입니다. 열심히 공부하여 누구에게도 뒤지지 않는 실력을 갖추어야 합니다. 실력을 갖추고 남을 만났을 때 비로소 그 사람의 능력을 인정받을 수 있습니다. 대개 들이대는 사람들은 '열공중'을 나오지 않았기에 내실 없이 무턱대고 들이대는 경우가 많습니다. 그랬을 때 그를 상대하는 사람은 짜증이 올라옵니다. 어려운 과제를 맡겼을 때 그 과제의 완수는 '들이대'와 '아니면 말고'로는 되지 않습니다. '열공중'을 반드시 나와야 하는 것입니다.

제 경우는 작가가 되고 여기까지 오기 위해 책을 손에서 놓은 적이 없습니다. 그리고 작가가 되기 위해 30여 년간 거의 하루도 빼지 않고 글을 쓰거나 책을 읽는 등 오로지 한 길을 달려왔습니다. 소설책을 읽더라도 단어 하나하나 적어서 단어장을 만들고, 국어사전을 통해 낱말풀이를 기록하곤 했습니다. 나중에 그 단어

장으로 책을 발간하기까지 했습니다. 그러한 노력들이 쌓였기에 제가 비로소 작가가 될 수 있었습니다.

이 세상에는 너무나 많은 사이비 '열공중' 들이 있습니다. 진정한 '열공중' 출신들만이 '아니면 말고' 를 통해 '들이대' 를 나올 수 있습니다. 그러면 그 앞에 성공의 기회가 열려 있음은 당연지사입니다.

이 학교들의 좋은 점은 입학 비리도 없고, 들어가기 위해 과외를 받을 필요도 없다는 점입니다. 오로지 스스로 목표를 정하여 도전하고 과제를 만들어 노력하면 되는 학교들입니다.

진정한 학벌사회는 바로 '열공중' 을 졸업하고, '아니면 말고' 를 마친 뒤 '들이대' 를 우수한 성적으로 나온 사람들이 만들어 가는 곳입니다.

그들이 만든 사회는 동등한 기회가 주어지며 누구든 도전하면 꿈과 희망을 이루는 사회입니다.

작가와의 만남을
더욱 허하라!

"고정욱 선생님! 으아앙!"

강연을 하러 간 학교 복도에서 만난 여자애가 저를 알아보고 너무 감격해 울음보를 터뜨리고 말았습니다. 마치 제가 아이돌 스타라도 된 것 같아 기분이 묘했습니다.

봄, 가을이 되면 시도 때도 없이 전화가 걸려옵니다. 낯선 번호다 싶으면 영락없이 학교나 도서관의 사서들이 거는 강의 요청 전화입니다.

"여기는 ○○도서관입니다. 고정욱 선생님이시지요?"

"네, 강연 요청으로 전화하셨죠?"

넘겨짚어도 거의 틀림없이 그렇다고 합니다. 그러면 시간과 장소, 강연 주제 등에 대한 이야기가 이어집니다.

매번 강연 요청을 하는 사람들과 나누는 이야기가 거의 똑같아 아예 제 블로그에 필요한 원고며 약력, 사진 그리고 강연 요청시의 유의점을 올려놓기까지 했습니다.

강연 약속이 확정된 뒤에는 작은 설렘이 이어집니다. 과연 어떤 친구들이 날 기다리고 있을까 하는 기대감입니다. 강연 당일이 되면 저는 시간에 맞춰 도서관이나 학교로 출발합니다. 지방일 경우 비행기나 KTX를 이용하고, 멀지 않은 수도권은 승용차를 직접 운전해 갑니다.

강당이나 시청각실을 가득 메운 채 저를 기다리는 학생들 앞에서 저는 살아온 삶과 독서, 문학, 그리고 인생 및 희망과 꿈에 대해 두루 가르칩니다. 한 마디로 1인극을 펼치는 겁니다. 대개 이야기는 장애에 대한 기본 지식의 전달로 시작됩니다. 그렇게 해서 장애에 대한 인식 개선이 끝나면 이어서 내 삶의 이야기로 넘어갑니다.

어려서 걸린 소아마비로 인해 책을 많이 읽게 되었고, 그 결과 살면서 겪는 여러 가지 어려움을 이겨내는 지혜를 얻었으며, 작가가 되어 어린이와 청소년의 사랑을 받은 이야기를 합니다. 그리고 앞으로 이어질 내 삶의 꿈과 희망을 공유합니다. 제 열정이 청중들에게 퍼지길 바라는 일념에서입니다.

강연이 모두 끝나면 간단한 질문을 받고 나서 사인회가 이어집니다. 많은 어린이들이 집에 한두 권씩은 있는 제 책들을 들고 와 사인을 받습니다. 그렇지 않은 아이들에게는 제가 준비해 간 사인지를 나눠줍니다. 물론 일일이 악수를 하고, 사진도 찍습니다. 작가 한 사람과 찍은 사진은 큰 기념이 되기 때문입니다.

모든 행사가 끝나고 학생들이 강연 장소에서 빠져나가면 이번엔 학교 도서관에 있는 장서들에도 사인을 합니다. 그럴 때면 대개 사서들은 이렇게 말합니다.

"아이들이 선생님 오신다고 책 다 대출해 가서 이것밖에 안 남았어요."

도서관 책에 사인을 하고 나면 저의 강연회는 무사히 끝이 납니다.

제가 어린 시절, 작가와의 이런 만남이 한 번이라도 있었던가 생각해봅니다. 작가는커녕 책 자체가 흔치 않던 시절이었습니다. 옆집 친구들과 책을 바꿔 보기도 하고, 학급마다 집에서 책 한 권씩 가져오라고 해서 학급문고를 꾸미기도 했습니다. 물론 저는 그 책들을 가장 먼저 읽어버리는 아이였습니다. 만일 어린 시절 이렇게 쉽게 작가를 만나고 그들의 이야기를 듣고, 그들의 사인을 받았다면 제 인생은 좀 더 멋진 것이 되었을 게 분명합니다. 인생의 롤 모델을 어린 시절부터 직접 만났기 때문입니다. 책도 더 많이 읽었을 것입니다.

요즘 들어 작가와의 만남이 점점 많아지는 건 분명 좋은 일입니다. 강연회가 확정되면 도서관과 학교는 현수막을 걸어 놓고 홍보를 합니다. 그렇게 되면 자연스럽게 그 작가에 대해 모르는 사람도 관심을 갖게 되고, 도서관에서 책을 빌려 읽게 마련입니다. 도서관에 있는 제 책들이 다 대출되는 것도 그런 효과 때문입니다.

어디 그뿐인가요. 인천 송도의 어느 학교를 갔더니 아이들이 전부 제 책을 두어 권씩 다 구매해 들고 와 사인을 받았습니다. 어디에서 이렇게 책을 샀느냐니까 그 지역 서점에서 구입했다는 겁니다. 아예 서점이 일주일 전부터 제 책의 매대를 만들어 책을 쌓아 놓고 판매했으며, 아주 대박이 났다고 합니다. 작가 한 사람이 다녀가는 파급효과가 이렇게 큰 겁니다.

작가가 어린이, 청소년을 만나는 것은 그만큼 그들에게 독서의 욕구를 일깨우는 기폭제 역할을 합니다. 이 영향은 제법 오래 가는 것이어서, 나중에 이야기를 들어보면 작가가 가고 난 뒤에도 한동안 어린이들은 그 작가 얘기를 하며 책들을 꾸준히 대출해 읽는다는 거였습니다. 그래서인지 책마다 있는 저의 이메일 주소로 자신의 고민을 털어놓는 사연도 제법 날아옵니다. 저로 인해 책을 읽게 되었다는 아이도 있습니다. 하긴 뭔가 관심이 있고, 계기가 있어야 행동이 나오는 법이니 그럴 만도 합니다.

그래서 저는 과감히 주장합니다.

"모든 학교와 도서관에서 더욱 많은 작가와의 만남을 허하라!"

살아 있는 작가를 직접 만나보는 것보다 더 강한 독서진흥책은 아직까지 없기 때문입니다. 그럼으로써 작가들을 어린이, 청소년의 멘토나 롤 모델이 되게 하면 됩니다. 더 나아가 SNS나 블로그, 이메일 등으로 그들과의 지속적인 소통의 장을 마련하면 금상첨화일 것입니다. 이런 만남이 활성화되면 작가들도 분발하여 더욱 좋은 작품을 써 내고, 그럼으로써 우리의 출판문화를 창달하고 양서를 보급하여 좋은 독자가 더욱 많이 생기게 될 것이 분명합니다.

도서관 사서들이 저에게 전화를 걸 때면 대개 주눅이 들어 있습

188

니다. 이유는 바로 부족한 강연료 때문입니다. 대개의 경우 규정이 매우 까다로워 많이 주지 못한다면서 송구스러워합니다. 하지만 강연료가 적어 강연이 이루어지지 못하는 일은 별로 없습니다. 독자와의 만남이 더 중요하기 때문입니다.

그래도 저는 조심스럽게 또 외쳐 봅니다.
"강연료의 현실화도 허하라!"
물론 아니면 말고……

쓸모 있는
사람

제가 어렸을 때 부모님은 드물지만 가끔 함께 외출하실 때가 있었습니다. 그 당시의 아버지들은 대개 바깥에 나가 일을 하지만 어머니들은 집에서 아이들을 키우고 살림을 하셨습니다.

현모양처라는 말도 그래서 나왔는지 모릅니다. 대개 집에서 엄마들은 아이들 옷을 빨래하고 청소하는 등 이런저런 살림을 하느라 바빴습니다. 변변한 주방 시설이 있는 것도 아니고 수도나 온수가 공급되는 것도 아닌 시절에 어머니들은 어떻게 그리도 억척스럽게 일을 해서 자식들을 키웠는지 모릅니다.

그러다가도 1년에 한두 번 어머니도 아버지와 함께 외출하실 일이 생기곤 했는데, 아마 부부 동반 회식이나 모임이 있는 것 같았습니다. 어머니는 변변한 옷이 없다고 하면서도 모처럼의 외출에 밝은 표정으로 아버지와 함께 집을 나섰습니다. 그러면 남아 있는 동생들과 집을 지키는 것은 장남인 제 몫이었습니다. 부모님이 황급히 나가면 집안은 대개 정리정돈이 되어 있지 않은 경우가 많았습니다. 그러면 저는 동생들을 부추기며 설득합니다.

"얘들아, 엄마 아빠 들어오시면 기분 좋게 집을 싹 치우고 깨끗이 정리하자!"

부모님께서 기분이 좋으면 결국 그 기분이 우리에게도 전달되는 것을 알기에 동생들은 제 뜻에 동조합니다. 저는 역할을 분담해 줍니다. 물건을 정리하고 비로 쓸고 걸레질을 하는 등 쓸고 닦다 보면 작은 집이지만 한참 부산해집니다. 그리고 부모님이 주무셔야 할 안방에는 미리 이불도 깔아놓고 베개도 가지런히 놓아둡니다. 심지어는 화장품 중에서 향수를 골라 방안에 은은한 향기까지 돌도록 뿌려놓습니다.

밤늦은 시간이 되면, 약주를 걸친 어머니와 아버지가 귀가를 하십니다. 오랜만에 바깥바람을 쐬고 와서인지 어머니도 기분이 풀려 있고 아버지는 약주가 거나해서인지 목소리가 커져 있습니다. 집에 들어왔는데 아이들이 집을 깨끗이 정돈해 놓고 안방에는 이불까지 펴 놓은 것을 보면 부모님은 백발백중 기뻐하십니다. 우리 아이들은 정말 쓸모가 있는 아이들이라고 칭찬을 하셨습니다.

'쓸모'라는 말이 뭔지 그때 처음 들었습니다. 쓸모 있는 사람이 된다는 것은 뭔가 자신의 일을 스스로 찾아서 한다는 의미일 테지요.

우리 장인어른은 선비같이 점잖고 조용하며 누구에게도 자신의 의견을 강요하는 법이 없는 분입니다. 이렇게 말이 없는 분이어도 가끔 화가 나거나 누구로 인해서 실망했을 때 유일하게 하는 욕이 있었습니다.

"에이, 아무 짝에도 쓸모 없는 놈!"

점잖은 표현이었지만 가만히 생각해 보면 정말 무서운 욕입니다. 성경에도 이 땅에 있는 풀 한 포기도 다 의미가 있고 소중하게 만든 것이라는 구절이 있습니다. 의미를 찾자면 세상 만물 중에 소중하지 않은 것이 어디 있겠으며 쓰임새를 찾자면 필요하지 않은 것이 어디 있겠습니까.

농부 철학자인 윤구병 선생님은 "잡초를 잡초라고 부르지 말라"고 했습니다. 아직 우리가 용도를 찾아내지 못한 풀일 뿐이라는 것입니다. 그렇게 따지면 곡식을 제외한 나머지 풀들을 잡초라고 부르는 우리의 생각이 얼마나 오만한 것인가요?

이 세상 만물은 다 쓸모가 있는 것들입니다.

인간의 자존감이라는 것은 나 자신이 의미가 있고 쓸모가 있음을 확인하는 데서 생기는 느낌에 다름 아닙니다. 그러나 자존감 없는 사람들이 주위에 피해를 많이 끼치는 것을 보기도 합니다. 별 것도 아닌 일로 스스로 상처를 후벼 파기도 합니다.

'내가 하는 일이 다 그렇지 뭐.'

'나 같은 사람은 재수 없는 놈이야.'

'암만 열심히 공부해도 성적이 오를 리가 없지.'

조금 시도해 보고 결과가 좋지 않을 때 자존감이 약한 대부분의 사람들은 자신의 상처를 후벼 팝니다. 얻는 것도 없는데, 꼭 그렇게 자신을 자학하고 비난해야 속이 풀리는지는 알 수 없습니다.

자존감은 꼭 돈을 벌거나 성적을 올리고 우수한 실적을 올려야만 얻는 것은 아닙니다. 그래서 자기계발 분야 전문가들이 아이를 키울 때 작은 일에도 칭찬을 아끼지 말라고 하는 것 같습니다. 칭찬을 통해 아이들은 고무되며 자존감도 높아지기 때문입니다.

특히 어린 시절 자존감을 높이는 역할은 엄마가 해야 합니다. 밖에서 상처 입고 온 아이를 다정하게 보듬어주고 최고라고 북돋워줘야 하는 것입니다. 그렇게 하면 정말 별로 쓸모가 없었던 존재도 쓸모 있는 존재로 바뀝니다. 대단한 일이 아니어도, 많은 사람들은 사소한 일을 통해 얼마든지 자존감을 회복하고 쓸모 있는 삶을 살 수 있다고 생각합니다.

저는 집에 드나들 때 복도나 엘리베이터 부근에 떨어진 휴지나 쓰레기가 있으면 꼭 주워서 쓰레기통에 버립니다. 아무도 하지 않는 행동을 저도 모르게 하고 있습니다. 한번은 제가 길에 버려진 담배와 휴지를 주워 쓰레기통에 버리는 것을 본 아들이 물었습니다.

"아빠, 청소부 아주머니가 하실 텐데 왜 치우세요?"

"쓸모 있는 사람이 되려고 그래."

"쓸모요?"

"응. 물론 청소부 아주머니가 와서 치우겠지만 이렇게 휴지를 줍고 쓰레기를 치우면 내가 쓸모 있는 사람이라는 마음이 들잖아."

아들은 고개를 갸우뚱했습니다.

"꼭 돈을 벌어오거나 나라를 구해야만 쓸모 있는 게 아니야. 지나다가 광고판이 쓰러져 있으면 세우고, 돌멩이가 굴러다니면 집어서 길가로 치우고, 아이가 넘어지면 일으켜주는 그런 일들이 자기 자신이 쓸모 있는 사람이라는 것을 확인하는 방법이란다. 이렇게 하면 우리 아파트 단지도 깨끗해지고 좋잖니?"

"아, 네."

아들은 고개를 끄덕였습니다.

"이런 작은 일도 쌓이고 쌓이면 나는 훌륭한 사람이고 쓸모 있는 사람이라는 자존감을 만들어주지."

며칠 지나서 아들도 길가에서 누군가 버린 담뱃갑을 집어 들고 왔습니다. 그러고는 쓰레기통에 버리는 것이었습니다. 하지만 저는 아들에게 말하지 않았습니다. 그런 쓸모 있는 행위를 하다 보면 그것을 지켜보는 누군가가 꼭 있다는 것을.

이 세상에는 사소한 일에 최선을 다하고, 자신뿐만 아니라 이웃과 주변을 배려하며 휴지를 줍거나 자기가 사는 공간을 깨끗이 유지하며 청소하는 성실한 자세를 가진 젊은이를 찾고자 하는 눈이 항상 있습니다. 더 크게 쓰일 수 있는 기회가 우리 주변에 늘 널려 있는 것입니다.

우리 아이들에게 쓸모 없는 사람이 되지 않도록 가르쳐야 합니다. 쓸모 있는 사람이 되는 방법은 어렵지 않습니다.

나의 친구,
톰 소여

　제 어린 시절은 우울했습니다. 다른 친구들은 모두 밖에서 뛰어 놀았지만, 저는 그런 친구들과 함께 어울릴 수 없어 물끄러미 쳐다보기만 했습니다. 이 세상에서 나만 불행하고 내가 가장 비참한 사람이라고 느꼈습니다.

　그런 저의 친구는 책이었습니다. 어린 시절 읽은 수많은 동화책들과 각종 이야기들은 저를 위로해주는 유일한 친구였습니다. 그 가운데서도 힘들고 어려운 고난을 겪을 때 저에게 가장 큰 위안을 준 책은 바로 〈톰 소여의 모험〉이었습니다.

　미국의 작가 마크 트웨인이 쓴 이 작품의 주인공 톰은 놀랍게도 고아입니다. 하지만 톰은 한 번도 좌절하는 모습을 보여주지 않습니다. 늘 유쾌하고, 기죽기는커녕 오히려 어른들을 조롱하며 리더십을 발휘했습니다.

말썽 부린 벌로 담장을 칠하라고 이모가 페인트 통을 넘겨주면, 톰은 아이들에게 사과라든가 각종 장난감을 받으면서 페인트칠을 하게 만듭니다. 이 작품을 읽은 사람들은 이 대목이 어른들을 조롱하는 장면이라고 말들을 하지만 저는 생각이 다릅니다. 부모도 없고 이모에게 얹혀 사는 톰이 친구들을 그렇게 자발적으로 일하게 만든다는 것은 뛰어난 리더십을 가졌다는 증거이기 때문입니다. 이 외에도 톰은 용감하게 여러 모험도 하고, 억울한 처지에 빠진 어른들에게 도움을 주기도 하는 등 아주 씩씩한 아이입니다.

톰은 소아마비를 앓아 장애아로 살고 있는 저에게 용기와 희망을 주었습니다. 제가 이후 친구들을 이끌고 리더 역할을 할 수 있게 된 것도 어린 시절 읽은 이 책 덕분입니다. 열 번도 넘게 이 책을 읽으면서 저는 생각했습니다.
'나중에 나도 톰과 같은 아이가 되어야지.'

그런데 저는 나중에 톰과 같은 아이가 아니라 마크 트웨인과 같은 동화 작가가 되었습니다. 항상 톰처럼 꿋꿋하게 어려움을 이겨내는 주인공을 만들어내 이 땅의 어린이들에게 고난과 역경을 이겨낼 용기를 주려 애쓰고 있습니다. 마크 트웨인은 어른이 된 저의 롤 모델이고 톰은 어린 시절 저의 롤 모델입니다.

인간은 누구나 주어진 환경에서 최선을 다해 노력하고 즐겁게 살아야 할 의무가 있음을 어린 시절 저는 톰을 통해서 배웠습니다. 여전히 톰은 책 속에서 성장하지 않고 우리들 곁에 친구로 남아 용기를 전해주고 있습니다.

어려움에 처한 우리 어린이들도 톰과 같은 용기를 가지고 고난을 이겨내길 바라며, 저의 이야기가 작은 도움이라도 된다면 참으로 좋겠습니다.

장애인도
큰 꿈을 꿀
자유가 있다

아들이 대학에 입학했습니다. 전공은 건축학.

전공 선택에 대해 제가 일언반구도 하지 않았는데 녀석이 스스로 정한 전공입니다. 대견하기도 하지만 어려운 분야에서 과연 잘해낼까도 궁금했습니다.

"건축을 전공하려는 너의 꿈은 뭐냐?"

"그, 글쎄요!"

하긴 아직 대학 1학년짜리에게 꿈과 비전이 확실하게 자리 잡기는 어려운 일입니다. 제 경우를 돌이켜 봐도 그때는 갈 곳 몰라 방황하던 시기였습니다.

제가 꿈다운 꿈을 가진 건 바로 대학 2학년 때였습니다. 어렴풋하게 작가가 되면 좋겠다는 생각을 한 것입니다. 그것도 그저 작가 자체가 꿈인 거였습니다. 작가가 무슨 일을 하는 것인지, 어떤 비전이 있는지도 잘 모르면서.

"너는 장애가 있어서 세상 경험이 부족할 텐데 어떻게 작가가 되려고 그래?"

같이 문학을 공부하는 친구들이 던지는 의문이었습니다. 하지만 과연 그럴까요? 장애인은 이 사회를 모르고, 인간 삶의 진지하고 원초적인 고민에서 동떨어져 있는 존재일까요?

결론은 '아니다' 입니다.

장애야말로 또 다른 특별한 삶이고, 그 누구보다 진지하게 왜 살아야 하는지, 삶이 어떤 것이어야 하는지를 끊임없이 생각하게 만드는 필요충분조건이었습니다.

그런데 문학은 의외로 제 적성에도 어느 정도 맞았습니다. 어려서부터 장애로 인해 집에 틀어박혀 책을 많이 읽은 덕을 보았습니다. 시간이 지나자 문학을 공부하게 된 걸 운명으로 받아들일 수 있게 되었습니다. 아니, 문학을 공부하지 않았더라면 어떻게 살았을까 상상도 할 수 없었습니다. 때론 정말 거부할 수 없는 운명의 길이 사람들 앞에 준비되어 있음을 느낍니다. 그건 인간의 의지나 염원을 초월하는 것이기도 합니다.

10여 년 간의 습작과 문학 공부 끝에 저는 작가가 될 수 있었습니다. 문화일보 신춘문예에 단편소설이 당선된 것입니다. 대학 시절의 꿈을 이뤘습니다. 동시에 박사학위도 받았습니다. 세상을 상대로 뭔가 해낼 수 있는 무기를 손에 쥔 것만 같았습니다. 지금 생각하면 작품을 써서 작게나마 인정받은 게 뭐 그리 대단한가 싶지만 말입니다.

작가가 되고 보니 그게 또 새롭고도 막막한 시작이었습니다. 좋은 작품을 끊임없이 써서 독자들의 삶에 영감을 주고, 문제의식을 던지며, 또한 즐거움을 선사해야 한다는 어려운 과제가 발등에 떨어졌습니다. 그건 작가가 되는 것보다 더 어려운 일이었습니다.

다행히 어려서부터 쌓은 많은 독서 경험이 큰 도움이 되었습니다. 처음 낸 역사소설 〈원균〉이 독자들의 큰 사랑을 받는 베스트셀러가 되면서 저는 비교적 운 좋은 작가의 길을 걷게 되었습니다. 그 뒤 저는 부단히 작품을 발표하며 독자들의 뇌리에서 잊히지 않는 작가가 되려 노력했습니다. 그러나 거기까지였습니다. 새로운 비전과 꿈은 일상의 관성적이고 습관적인 창작에 함몰되고 없었습니다.

그런 저에게 새로운 비전이 생겼습니다. 나만의 독특한 경험이고 나의 숙명인 장애를 문학의 장으로 끌어들이자는 것이었습니다. 미래의 세상을 장애인이 차별받지 않는 세상으로 만들겠다는 꿈을 가지면서 저는 어린이들이 읽을 수 있게 장애를 소재로 한 동화를 발표했습니다. 고맙게도 저의 그런 시도는 독자들의 열렬한 반응으로 돌아왔습니다. 많은 작품이 베스트셀러가 되었습니다.

수많은 강연요청도 쇄도했습니다. 전국의 초·중·고교, 도서관, 사회단체 등으로 강연을 다니다 보니 제가 작가인지 강연가인지 모를 정도입니다. 남들은 그런 저에게 왜 실익도 없이 힘든 강연을 하느냐고 묻지만 제 생각은 다릅니다.

백문이 불여일견. 장애인에 대해 아는 것은 책만으로는 모자랍니다. 직접 장애인이 살아 움직이는 모습을 보는 것만 못합니다. 그런 저의 모습을 한 번이라도 본 어린이라면, 평생 그 머릿속에 제 이미지로 장애인들을 느끼고 그들에게 보다 쉽게 다가갈 것이라 여기는 까닭입니다.

꿈은 늘 새롭게 변하고 발전하며 커지는 법입니다. 작가가 된 뒤 수차례에 걸쳐 참관한 해외 도서전에서 저는 제 앞에 열린 새로운 지평을 발견했습니다. 아직도 대다수의 국가에서 장애인은 부끄러운 존재이고, 사람 취급을 받지 못하는 천형을 받은 사람으로 여길 뿐이었습니다. 그들에게 장애인이 주인공으로 등장하는 책이라는 건 상상도 할 수 없는 일이었습니다. 장애는 우리나라만의 문제가 아니었습니다.

이후 저의 꿈은 전 세계에 제 책을 발간해 세계인의 장애인에 대한 인식을 바꾸는 것으로 나아갔습니다. 현재 10여 권의 책이 중국, 일본, 대만, 태국, 미국 등지에서 출간되었거나 번역 중입니다. 그러나 그걸로 양에 찰 리 없습니다. 유럽과 중남미 지역을 포함해 더 많은 나라에 저의 책을 알리고 소개할 계획입니다. 그러기 위해 저는 많은 여행을 통해 그들의 삶을 알고 배우려 애쓰고 있습니다. 세계인의 보편성을 확인하고 확보하는 게 중요함을 알기 때문입니다.

이렇게 저의 꿈은 진보하고 있습니다. 죽는 날까지 이 길에 매진할 것입니다. 장애의 고통과 장애인들의 목소리를 담은 독자적인 작품을 쓰면서……
꿈은 꿈꾸는 자만이 이룰 수 있습니다.

제 이런 꿈과 비전을 들은 아들이 며칠 뒤 저에게 말했습니다.

"아빠, 저도 꿈을 정했어요. 아주 큰 꿈이에요."

"뭔데?"

"나중에 우리나라가 통일이 될 거 아니에요? 그럼 제가 통일 한
국의 신도시 전체를 설계할 겁니다. 이념과 민족, 분단, 화합, 통
일 이런 거 모두 다 아우르는 개념으로요."

누구에게나, 어떤 처지에 있거나 꿈꾸는 자유는 허락되는 것입
니다.

장애가 있다고 꿈까지 작을 수는 없지 않겠습니까?

나 자신을
사랑해주세요

한 학기 내내 강의에 들어오지 않은 학생이 있었습니다. 학기말이 될 때까지 전부 결석을 한 그 학생의 점수는 당연히 F였습니다. 학기 마지막 강의를 마치고 교수실로 돌아오는데, 웬 아주머니가 쫓아와 저에게 말을 걸었습니다.

"저는 아무개 엄맙니다."

출석부를 들춰 보니 수업에 한 번도 들어오지 않은 바로 그 학생의 이름이었습니다.

"어쩐 일이신가요? 이 학생은 계속 결석했는데요?"

"그 학생 땜에 왔습니다. 제발 용서해 주십시오."

"무엇을 용서해 달란 말씀인가요?"

"제가 아들 녀석이 대학에 들어오자마자 이혼을 했습니다."

"그런데요?"

"남편과 도저히 살 수 없었지만 아들이 대학만 들어가면 보자고 벼르며 참고 살아왔는데 이혼하고 나니까 생각지도 않게 이 녀석이 망가졌어요."

이야기를 들어보니, 부모가 이혼하는 바람에 충격을 받은 그 학생은 산 속에 있는 기도원에 들어가 식음을 전폐하고 기도만 했다는 것이었습니다. 부모님이 재결합하게 해달라고…….

"아니, 부모님이 이혼하신 건 그렇다 치죠. 그런데 학생이 자기 성적관리도 하지 못 하고, 공부도 하지 않는데 어떻게 점수를 줄 수 있겠습니까?"

저는 냉철하게 이야기했습니다. 그러자 그 어머니는 울고불고 매달리는 것이었습니다.

"철이 없어서 그렇습니다. 아이를 제가 인간 만들 수 있게 도와주세요. 교수님, 이번에 만약 점수 안 주시면 쟤는 학교에서 퇴학당합니다. 도와주세요, 교수님!"

그 말을 들은 저는 어이가 없었습니다. 부모가 이혼한 것이 자녀에게 상관이 아주 없진 않겠지만, 그렇다고 자기 인생을 망칠 만큼 결정적인 충격도 아닐 것입니다. 어떻게 그렇게 자신을 사랑하지 않고 함부로 내팽개쳤을까요.

예수 그리스도는 이 땅에 와서 33년을 살면서 사랑을 이야기하고 갔습니다. 그가 짧은 생을 마치면서 처음부터 끝까지 주장한 것은 사랑입니다. 이웃에 대한 사랑. 네 이웃을 네 몸 같이 사랑하라는 등 여러 가지 사랑에 대한 이야기를 했습니다.

그러나 진짜 중요한 전제는 따로 있었으니, 그것은 네 이웃을 사랑하기 전에 네 자신을 먼저 사랑하라는 것이었습니다. 자기 자신을 사랑하지 않으면서 남을 사랑한다는 것은 불가능합니다.

저 역시도 어린 시절과 사춘기를 거치면서 나 자신을 사랑하는 마음을 갖기가 쉽지 않았습니다. 돌 무렵에 소아마비에 걸려 장애인이 된 뒤로, 끊임없는 자괴감에 빠져야만 했습니다.

왜 나만 남들과 다른가? 왜 나에게만 장애가 있는가? 왜 나는 걷지도 못하고 뛰지도 못하나? 왜 하필 나인가? 그러한 억울함이 항상 제 가슴 속에 응어리져 있었습니다.

초등학교 5학년 때까지는 울기도 많이 울었습니다. 너무나 억울했기 때문입니다. 나는 잘못한 게 없는 것 같은데 장애인이 되어 고통스러운 삶을 살아야 하는 현실을 이해할 수 없었기 때문입니다. 장애인의 삶은 그만치 팍팍하고 고통스러운 것이었습니다.

  하지만 열두 살 무렵, 저는 울고 괴로워 해봐야 아무 소용이 없음을 깨달았습니다. 그리고 이왕 주어진 삶, 스스로 아끼고 존중하지 않으면 아무도 알아주지 않는다는 것도 알았습니다. 그때부터 저는 울지 않았습니다. 그리고 쓸데없는 생각에 시간을 낭비할 정도로 어리석지 않게 성장했습니다. 제법 철이 들고 여문 것이었습니다. 그때부터 나 자신을 소중하게 여겼고, 나를 사랑했습니다.

  그렇게 하면서부터 놀라운 변화가 일었습니다. 저 스스로 좀 더 나은 나를 만들기 위해 노력하는 것이었습니다. 그리고 다가올 미래에 어떻게 하는 것이 나를 더 사랑하는 것인가를 깊이 생각했습니다.

  그 첫째가 친구였습니다.
  좋은 친구를 많이 사귀는 것, 그것을 저는 어려서부터 체득했습니다. 왜냐하면 친구들의 도움 없이는 학교 다니는 것이 불가능했기 때문입니다. 가방을 들어주는 친구, 저를 업고 계단을 올라가 주는 친구, 대신 심부름을 해 주거나 물건을 옮겨 주는 친구, 자전거에 태워 독서실에 데려다 주는 친구…… . 하루에도 열 번, 스무 번, 아니 백 번씩 친구들의 도움을 받아야 했습니다.

제 모교는 계단이 많은 건물이었습니다. 얼마 전에도 학생들을 상대로 강연을 하러 갔다 온 적이 있지만 모교는 여전히 장애인에게는 불모의 땅이나 마찬가지였습니다. 그런 학교를 다녔다는 것이 지금 돌이켜 보면 놀랍기만 합니다. 수많은 친구들의 도움이 있었기에 학교에 다닐 수 있었고, 또한 지금의 제가 있었습니다.

그런 친구들과 사이좋게 잘 지내는 것이 결국은 나를 사랑하는 길이고, 나 자신이 또 친구들을 사랑하는 길임을 깨달았습니다.

나를 사랑하는 사람은 친구도 사랑할 수밖에 없기 때문입니다.

그 뒤 저는 대학에 들어와 공부를 마친 뒤 학교에서 학생들을 가르치게 되었습니다. 모두 사춘기의 방황을 거쳐 대학교에 들어온 이들이었습니다. 놀라운 사실은, 세월이 흐르고 경쟁이 심해질수록 자기 자신을 사랑하지 않는 학생들이 많아진다는 점이었습니다. 부모님이 이혼했기 때문에 그들에게 보복하기 위해 나 자신을 망치겠다는 아이의 글도 읽은 적이 있습니다. 앞에서 언급한 이혼 부부의 아들도 크게 다르지 않습니다.

내가 누구인가요?

나는 이 우주의 처음이자 끝입니다. 내가 태어났기 때문에 이 우주를 느끼고 깨닫는 것입니다. 내가 죽고 나면 우주가 무슨 상관이란 말입니까. 내가 살아있을 때 맛있는 음식도 먹고 온갖 영광을 차지하는 것이지, 죽고 나면 아무 소용이 없습니다. 나는 그만큼 이 세상에 소중한 존재입니다.

오죽하면 부처님이 태어나자마자 '천상천하유아독존'이라고 이야기했겠습니까. 어린아이조차도 스스로가 존귀하다고 생각하는 마음이 '자기애'입니다.

인간은 태어나면서부터 절대적으로 고독하고 심약한 존재입니다. 친구를 위해 대신 죽을 수도 없고, 자기 자신이 죽을 때 누가 따라 죽어주지도 않습니다. 철저하게 자기 자신은 자기가 지키고 스스로 사랑해야 합니다.

하늘은 스스로 돕는 자를 돕는다는 속담도 있습니다. 스스로 도움을 주는 것은 나 자신뿐이고, 나를 자유케 하는 것은 내가 깨달은 진리뿐입니다.

청소년기는 바로 자기 자신을 아끼고 사랑하는 방법을 배우는 시기입니다. 때로는 세상에 대한 반항심, 자신이 알고 있는 사실과 실제 현실의 괴리로 인해 고통을 겪기도 합니다. 그러한 고통을 이겨내야만 비로소 자신을 사랑할 줄 아는 한 사람의 성인으로서 성장합니다. 함부로 살고 함부로 자신을 굴리는 사람 치고, 남을 위해 봉사하거나 노력하는 것을 본 적이 없습니다.

　사랑하는 우리 자녀들에게 지금부터라도 자기 자신을 사랑하는
연습을 하도록 해줘야 합니다.
　살아 있음이 얼마나 큰 축복인가요.
　하루하루 감사하며 지내도 시간이 부족합니다.
　자신을 사랑하는 사람만이 매일매일 삶에 최선을 다 할 수 있습
니다.

열정이라는
이름의 용광로

얼마 전 우리나라의 모 기업이 제철소를 새로 만들었다고 합니다. 제철소의 핵심은 용광로입니다. 고온으로 철광석을 녹여 쇳물을 만들고, 그 쇳물을 가공하여 산업의 기초 재료를 제공하기 때문입니다. 이 용광로에 불을 지피면 1,500℃ 이상의 온도를 항상 유지하게 됩니다. 한 번 가동하면 사실상 끌 수 없습니다.

사람들 가슴 속에도 용광로가 하나씩 있습니다.

그 이름은 '열정'입니다. 삶을 살아가면서 무언가를 이루고 싶어 하도록 하며 삶의 의미를 끊임없이 만드는 것이 바로 열정입니다. 열정이 없거나 식어버린 사람이 불행해지는 이유는 바로 여기에 있습니다. 그들에겐 목표도 없고 삶의 의미도 없기 때문입니다.

최근에 저는 젊은이들의 마음 속 용광로에 불을 지펴주려 애쓰고 있습니다. 지독한 입시 경쟁에 시달리는 우리나라의 청소년 대다수의 마음 속 용광로는 꺼져 있거나 미적지근합니다. 한창 용광로를 달구고 있어야 할 청소년들에게 "너의 꿈이 무엇이냐, 무엇을 위해 너의 핵심 가치를 높여 갈 것이냐?"라고 물으면 당황하며 제대로 대답하지 못합니다.

한 살 때부터 장애인으로 살았던 저는 늘 강박관념에 시달렸습니다. 장애가 있기 때문에 할 수 없는 것이 많아지자 그것이 곧 내 능력의 한계로 남들에게 비춰질까 두려웠습니다. 그래서 부족한 부분을 다른 것으로 채우기 위해 늘 절치부심할 수밖에 없었습니다. 학업과 독서에 매진한 것은 물론이고, 세상 경험을 많이 하기 위해 이런저런 시도를 많이 했습니다. 근면 성실함에서 뒤처지기 싫었음은 물론입니다.

저 역시 대학입시의 충격을 그 누구보다 크게 겪었습니다. 우여곡절 끝에 국문과에 입학해 대학 진학에는 성공했지만, 문과와 이과의 세계관 차이는 정말 극복하기 힘들었습니다. 동기들과 나누는 대화가 이해되지 않았을 뿐더러, 그들의 사변적인 언어는 도저히 제가 따라갈 수 있을 것 같지 않았습니다.

하지만 1년의 방황을 거친 뒤, 저는 제가 장애와 무관하게 잘할 수 있는 일, 글쓰기에 저의 핵심 역량과 가치를 집중하기로 결심했습니다. 새로운 용광로에 불을 지핀 것입니다. 그 뒤 10여 년간 끊임없는 습작과 창작의 혹독한 훈련이 저를 기다렸습니다. 습작품을 한 편 쓸 때마다 지도 교수에게 쫓아가 원고를 봐 달라고 했습니다. 원고는 피바다가 되어 돌아왔습니다. 온통 빨간 펜으로 수정 지시가 내려져 있었습니다. 이럴 때면 대개 자신에게 재능이 없음을 확인하고 좌절하거나 포기합니다.

하지만 저는 그럴 수 없었습니다. 대안이 없었기 때문입니다. 배수의 진을 넘어 '파부침주(破釜沈舟: 솥을 깨고 배를 가라앉히며 달려듦)'의 심정이었습니다. 글쓰기조차 할 수 없다면 제가 할 수 있는 일은 이 세상에 아무 것도 없었습니다. 작품을 쓰고 또 썼습니다. 가슴 속에 품은 열정이 식기는커녕 더욱 뜨거워졌습니다. 반드시 작가가 되고, 좋은 작품을 써서 내 인생을 스스로 개척하리라는 다짐이 확신으로 굳어갔습니다.

마침내 신춘문예에 당선이 된 뒤, 저는 지금까지 작가의 길을 20년 넘게 걷고 있습니다. 여전히 글에 대한 열정은 식지 않았습니다. 글을 쓰면 쓸수록, 마치 타는 불에 기름을 붓는 것만 같았습

216

니다. 남들은 저의 장애를 불리하다고 했지만 저는 그것을 오히려 저만의 독특한 경험으로 승화시켰습니다. 장애를 다룬 작품도 많이 써 새로운 영역을 개척했고, 독자들의 큰 사랑도 받았습니다.

그런 경험 때문인지, 저는 방황하고 있는 젊은이들을 보면 자연스럽게 그들의 삶에 대해 조언을 해주려고 합니다. 그들이 가슴 속에 뜨거운 용광로를 품었을 때 비로소 지치지 않는, 그리고 열정이 가득한 삶을 살 수 있을 것이라는 믿음 때문입니다. 혹독하게 멘토링을 한 뒤 제가 그들에게 전해주는 말은 이것입니다.

"인생에 공짜는 없습니다. 원하는 것이 있으면 대가를 지불해야 합니다. 그 대가는 땀과 노력입니다. 지치지 않고 끊임없이 노력하려면 가슴 속에 꺼지지 않는 열정이라는 이름의 뜨거운 용광로를 하나 세워야 합니다."

그러고는 굳게 악수하고 그들과 헤어집니다.
저의 작은 멘토링이, 그들의 가슴에 열정이라는 이름의 용광로가 되길 바라면서.

4장 도서관의 작은 사랑

그러나 새로운 출발이라지만 어찌 온전한 새로움만 있겠습니까.
기존의 것을 완전히 버리고 새로운 것으로만 꾸며진 출발이란
사실상 불가능합니다.
우리의 삶도 갖고 있던 경험과 지식과 노하우에
새로운 각오와 결의를 덧대어 출발선에 서서
달려 나가는 것이 아닐는지요.
옛것을 익히고 그로 미루어 새것을 안다는
'온고지신'이라는 말도 그래서 나왔을 겁니다.
지금까지 해오던 것, 지켜온 것에서
한발 더 나아가는 새 출발이 진정한 새 출발이 아닌가 싶습니다.

내 손 안의
마귀

톨스토이의 단편 가운데 마귀들이 인간 세상을 자기가 얼마나 망쳐 놓았는지 자랑하는 작품이 있습니다. 그 마귀들은 세상 곳곳을 다니며 각자 인간들을 엄청나게 홀려 놓았다고 떠들어댑니다. 그러면 지옥에 있는 마귀 대왕이 잘 했다고 칭찬을 합니다.

요즘 어린이, 청소년들은 꼬마 마귀들을 하나씩 갖고 다닙니다. 이 마귀는 아주 작고 귀엽게 생겼습니다. 누구나 갖고 싶어할 정도입니다. 얼마나 쓸모가 있는지, 이 마귀를 하나라도 갖지 않으면 사람들 사이에서 시대에 뒤처진 사람이라는 소리를 듣습니다. 이 마귀를 통해서 사람들은 서로 연락을 취하고 정보를 나눕니다. 영화도 보고, 음악도 듣고, 이걸 통해서 각종 신기한 일들을 합니다. 외국어를 번역할 수도 있고, 이걸로 길을 찾아가기도 합니다.

뿐만 아니라 물건도 사고 팔며, 돈도 벌 수 있습니다. 그러니 이 물건을 잠시도 손에서 놓을 수가 없습니다.

다들 알겠지만 이 물건은 바로 현대인의 필수품 스마트폰입니다. 기술의 발달로 이제 스마트폰의 능력은 거의 무한합니다. 어린이, 청소년들도 다 하나씩은 갖고 있습니다. 문제는 이 스마트폰이 잘못 쓰이는 경우가 많다는 것입니다.

잘 아는 청소년 하나가 얼마 전에 정신병원에 입원했다는 소식을 들었습니다. 나중에 그 부모를 만나 자세한 사연을 들어보니 그 아이가 늘 스마트폰을 손에서 놓지 않았답니다. 게임을 하거나 음악에 빠진 것도 아니고, 오로지 청소년들 사이의 메신저 메시지 때문이랍니다. 한 마디로 그 메신저 대화를 늘 주고받지 않으면 관계가 멀어지고 왕따를 당하는 단계까지 간다고 합니다.

메시지라는 게 뭘까요? 그건 다시 말해 용건입니다. 쓸모 있는 내용이 있어야 하는 것입니다. 용건이 없는 대화는 공허하고, 메시지 없는 영화나 연극, 문학 작품은 보거나 읽고 나면 남는 게 없습니다. 그런데 요즘 어린이, 청소년들의 휴대폰 대화는 그저 이야기를 주고받는다는 것 자체가 의미가 있는 게 되었습니다. 그러

221

니 메시지 없는 삶은 세상과 단절된 삶이라고 생각하는 겁니다.

쓸데없는 이모티콘을 날리고, 아무 내용 없는 문자들을 보내면서 자신이 살아 있음을 확인하는 건 정말 질병이라고 할 수 있습니다. 병원에 입원한 그 청소년도, 갑자기 친구들에게서 메시지가 끊기자 자신이 소외된다고 생각하고 불안증을 느꼈다고 합니다. 한 마디로 휴대폰을 손에서 놓을 수 없을 정도로 중독이 된 겁니다.

이건 아주 작은 예입니다. 스마트폰 중독 증상은 이것 말고도 많습니다. 게임이라든가, 동영상, 채팅 등 이런 스마트폰 중독으로 인한 피해는 여기서 일일이 열거하지 않겠습니다.

중요한 건 휴대폰을 문명의 이기가 아닌, 어린이와 청소년의 영혼을 파괴할 수도 있는 위험한 물건으로 보고 경각심을 불러 일으켜야 한다는 것입니다. 이 사실을 무엇보다 어린이, 청소년 스스로 깨닫지 않으면 안 됩니다. 건강한 삶으로 돌아가려면 그래야 합니다.

돈과 시간을 낭비하고, 우리의 관심을 감각적, 말초적인 곳으로 돌리는 이 스마트폰은 분명 마귀입니다. 절제라는 족쇄로 이 마귀를 가둬야 합니다. 그러고 나서 되찾은 시간에는 독서나 야외 활동, 그리고 학습을 해야 합니다. 이것들이야말로 우리 어린이와 청소년의 미래를 보장해주는 것들이기 때문입니다.

222

노인들의 시절이
그립다

요즘은 모든 물건을 싸게 파는 할인점이 생겨서 알뜰한 주부들은 그곳에 가서 한꺼번에 장을 봐오곤 합니다. 우리 집도 예외는 아니어서 일주일에 한 번 혹은 보름에 한 번 인근 할인점엘 들러 차 트렁크로 하나 가득 장을 봐옵니다.

그날도 주차장에 차를 대고 아내가 카트에 한가득 장을 봐오길 기다리고 있었습니다. 그러던 제 눈에 아주 낯선 장면이 들어왔습니다. 물건을 차에 싣고 나서 이곳저곳에 내던지다시피 처박아 둔 카트를 웬 노부부가 차곡차곡 꿰어서는 매장 입구로 가져가는 것이었습니다. 보아하니 그분들도 장을 보러 온 분들이었습니다. 여기저기 널린 카트들을 매장 입구까지 끌고 가서 정리하고 자신들 것으로 하나만 빼 갔습니다.

그 순간 저는 저 노인들이 이 사회를 이끌던 과거가 그립다는 생각을 했습니다. 그때는 그래도 이 사회에 기강과 질서가 있었던 시절입니다. 청소년들이 길거리에서 함부로 담배를 피우거나 술을 마시고 행패를 부리고 다닌다는 건 있을 수 없는 시절이었습니다. 아침이면 사람들이 나와서 동네 골목을 내 집 남의 집 가리지 않고 커다란 싸리비로 깨끗이 쓸던 시절이었습니다.

윗사람을 보면 공손히 인사할 줄 알았고, 버스나 기차에서 불편한 사람이나 어르신들께 늘 자리를 양보하곤 했습니다. 공공장소에서 버릇없이 뛰어 다니며 남에게 폐를 끼쳐도 아랑곳 않는 막돼먹은 꼬마들도 찾아볼 수 없었습니다. 아직 쓸 만한 물건들을 낡았다는 이유로, 유행이 지났다는 이유로 마구 내다버리지도 않았습니다.

학교 운동회에는 온 동네 잔치가 되어 청군백군으로 열띠게 응원하며 정을 나눴더랬습니다. 잘못을 하면 부끄러운 줄 알았습니다. 길거리에서 노인들이 젊은이들을 단장으로 두들기며 야단칠 수 있던 시절이었습니다. 선생님이나 부모님이 꾸짖는다고 함부로 112에 신고한다는 것은 상상도 못했습니다.

이제 그분들이 물려준 사회의 주역 자리를 받아들인 우리들은 이 사회를 어떻게 만들어 놓았습니까? 부끄러워 고개를 못 들 지경입니다. 우리들의 비뚤어진 행태를 지적하는 외국인들의 책이 쏟아져 나오는 요즘, 남이 어질러 놓은 카트를 조용히 정리하는 노인들의 그 시절을 그리워하는 사람은 결코 저 혼자만은 아닐 것입니다.

걱정되는
시골의 환경

    오래 전부터 물 맑고 공기 좋은 곳에 작은 시골집을 하나 구해 그곳에서 따뜻한 햇볕을 받으며 글 쓰는 게 꿈이었습니다. 그래서 경기도 가평에 집을 하나 얻었습니다. 집 앞으로는 다슬기가 사는 청정수가 흐릅니다. 여름밤에 반딧불이를 볼 수 있는 것도 바로 그 다슬기 덕분입니다. 반딧불이의 애벌레가 다슬기를 먹고 크기 때문입니다.

    집의 뒤로는 산이 병풍처럼 둘렀는데 잣나무가 그득합니다. 예로부터 가평은 잣나무가 유명한 곳입니다. 그런데 이웃 사는 노인은 요즘 공기가 나빠져서 전과 같이 잣이 많이 안 열린다고 했습니다. 왜 그처럼 공장 하나 없고 사람도 별로 많이 살지 않는 곳의 공기가 나쁜지 저는 잘 알 수가 없었습니다.

그곳 작업실에도 자주 가다 보니 쓰레기가 모이게 되었습니다. 서울의 아파트처럼 분리수거 통이 있는 것도 아니어서 하루는 마음먹고 그간 모아 둔 쓰레기를 분리해 도로변에 내놓기로 했습니다. 플라스틱, 유리병, 종이 등을 마대 자루에 나눠 담아 청소차가 일주일에 한 번 지나간다는 국도변 길목에 내놓았습니다.

그런데 경운기를 타고 지나가던 이웃 분이 그런 저를 보고 말씀하시는 겁니다. 그렇게 쓰레기 내놓으면 안 된다고요. 내심 당황하면서 그럼 어떻게 해야 하느냐고 물었더니 유리병은 가게에 반납하고 종이는 태우라는 겁니다. 거기까진 알겠는데 플라스틱이나 비닐류는 어쩌냐고 했더니 그 아저씨는 오히려 저를 이상하다는 눈으로 보면서 그것도 소각하라는 겁니다.

저는 바보가 된 기분으로 더 이상 말을 하지 않고 마대 자루들을 들고 집으로 돌아왔습니다. 모든 것이 분명해졌습니다. 돈 주고 사야 하는 쓰레기봉투를 그 동네에서 구하기 힘들었던 원인이 바로 거기에 있었던 겁니다. 집집마다 있는 아궁이는 바로 그런 물건들을 태우는 역할을 하고 있었습니다.

마당의 평상에 누워 하늘을 올려다보면 온통 탁 트인 하늘이 펼쳐집니다. 그 넓은 하늘과 맑은 대기에 플라스틱 몇 개 태우는 연기는 흔적도 안 남고 사라질지 모릅니다. 그러나 가랑비에 옷 젖는다고, 오래도록 공해 물질을 날려 보내면 시골의 공기도 더 이상 맑은 공기일 수 없습니다.

쓰레기를 차에 싣고 서울로 오는 내내, 뒷산의 잣나무가 우리의 환경에 대한 경고를 보내는 것만 같았습니다.

사주보다
국운

제가 아는 무속인이 한 분 계십니다. 말이 무속인이지 그분은
오랜 기간 동양철학을 공부하신 분입니다. 동양의 여러 철학서를
꿰뚫고 있는 그분과 만나 저는 이런저런 이야기를 나누게 되었습
니다.

흔히 말하는 사주는 과연 인생에 얼마나 영향을 미치느냐고 물
었습니다. 그러자 그분은 사주가 대운에 막힌다고 대답했습니다.
즉 사주가 아무리 좋아도 운이 안 따라주면 일이 잘 안 풀리게
마련이라는 것이었습니다. 하긴 사주가 똑같은 사람이라 할지라
도 각자 다른 운명의 길을 걷는 걸 보면 이 사실을 잘 알 수 있습
니다.

그런데 그 대운은 또 세운에 막힌다고 했습니다.

즉 운수가 아무리 좋아도, 시기적으로 세상과 맞지 않으면 아무 소용없다는 겁니다. 세운은 연운, 즉 그해의 운에 막히고, 연운은 월운에 막히고, 월운은 일운에 막히는 것이 인간의 운이라고 그분은 설명했습니다.

저는 이 말을 사주팔자가 좋다고 자만할 것이 아니라 그때그때 매순간 최선을 다하라는 뜻으로 받아들였습니다.

그런데 그분은 아직 할 말이 남았다며 이 모든 운도 국운이 막히면 아무 소용이 없다고 했습니다. 저는 국운이 무엇이기에 개인의 운을 막느냐고 물었습니다. 그러자 그분은 나라의 운이 막히면 개인에게 10년 대운이 오고, 재수가 사통팔달로 트여도 소용없게 된다고 했습니다. 나라가 어지러워 전쟁이 나고 혼란에 빠지면 개인의 운명도 덩달아 어려워져 죽지 않는 것만도 운이 트였다고 생각할 지경이 되나 봅니다.

곰곰이 생각해보니 요즘은 그 말이 맞는 것 같습니다.

아무리 내가 좋은 아이디어와 탄탄한 자금력으로 사업을 한다 해도 국운이 막혀 돈이 돌지 않는 상황에서는 사업이 잘 풀릴 리 없는 이치와 마찬가지였습니다. 결국 내 운을 좋게 하고 재수가 좋으려면 국운이 풀려야 한다는 뜻이니 이래저래 요즘은 참고 기다려야 할 시기인 것 같습니다.

나라가 있어야 내가 있다는 옛 말이 하나도 그르지 않음을 저는 무속을 통해서 다시 한 번 확인할 수 있었습니다. 나라가 흥하건 말건, 국가 경제가 무너지건 말건 내 사리사욕만 차리려는 사람들이 새겨들어야 할 대목이라 하지 않을 수 없습니다.

산이 무너지는데 볕 좋은 곳에 자리 잡았다고 소나무가 무사할리는 결코 없기 때문입니다.

세차장에서

　요즘은 주유소가 많아져서 주유소 간 경쟁이 심해진 것 같습니다. 온갖 사은품에 각종 경품, 쿠폰 등으로 고객을 모시려고 갖은 아이디어를 동원하고 있습니다.

　제가 자주 가는 주유소는 고객에게 카드를 발급하고 그 카드의 점수에 따라 경품도 제공하고 차도 세차해 주는 곳입니다. 안 그래도 세차를 집에서 하면 공해 문제도 있고 주위 사람들의 눈살도 찌푸리게 할 것 같아 고민하던 중이라 저는 그 세차 서비스를 애용합니다.

　비가 한 차례 온 얼마 전의 일이었습니다. 차가 흙먼지로 지저분해서 그 주유소에 들렀습니다. 그렇게 비가 한 번 온 뒤에는 많은 차들이 더러워지기 때문에 세차를 하려면 한참 기다려야 합니다. 어떨 때는 한 시간도 넘게 기다려야 하기 때문에 저는 가급적 다른 차들이 다 세차하고 갔을 만한 시간을 골라 이용합니다.

제 생각이 맞았는지 주유소에서 세차를 기다리는 차는 몇 대 없었습니다. 저는 주차장의 대기 장소에 차를 집어넣고 책을 펼쳐 읽기 시작했습니다.

서너 대만 기다리면 제 차례가 올 것 같았기 때문에 기분이 좋았습니다. 그런데 옆 차에 있던 아주머니가 차에서 내리더니 나를 쏘아보면서 슬금슬금 주유소 사무실로 가 소리를 치는 겁니다.

"아저씨, 여기 이 차 지금 온 거니까 순서 잘 알아둬요!"

저는 처음에 그게 무슨 소린가 했습니다. 제 차가 거기 있는 차 가운데 가장 늦게 온 차인 거야 누구나 아는 것이고 다른 차들이 순서대로 세차를 하고 나야만 제 차례가 온다는 것도 당연한 사실이었기 때문입니다. 그런데도 그 아주머니는 계속 주유하는 청년들에게 이 사실을 주지시키는 것이었습니다.

그제야 저는 알았습니다. 제 차가 서 있는 위치가 그 아주머니의 차보다 훨씬 세차장 입구에서 가까웠던 것입니다. 그러니 그 아주머니는 혹시나 제가 더 늦게 왔는데 새치기할까봐, 차를 세차하지 못하게 하려고 적극적으로 제가 가장 늦게 왔다는 사실을 알리는 것이었습니다.

저는 어이가 없었습니다. 가만히 있는데 새치기꾼으로 오인받은 것 같아 기분이 상했습니다. 자신보다 먼저 하라고 양보해도 그 양보를 받지 않을 나인데 자기 차례를 행여나 빼앗길까 두려워 기를 쓰고 먼저 자신의 권리를 주장하는 그 아주머니가 처량해 보이기까지 했습니다.

지금 세상은 누가 내 밥그릇 빼앗아가지 않을까 걱정하는 사람들과 이익 집단의 각축장이 되다시피 했습니다. 그 얘기는 물론 누군가가 남의 권리를 침해하는 사람이 있다는 것이기도 하지만, 이제 자기 밥그릇을 소극적으로 지키는 정도로는 부족한 모양입니다. 떡 훔쳐갈 생각도 않는데 미리 자기 떡이라고 소리치는 격이었습니다.

이런 사회를 구할 대안은 과연 없을까요?
남이 나의 한쪽 뺨을 치면 나머지 뺨도 내주라는 예수님의 말씀은 이제 더 이상 이 세상에 유효한 말씀이 아닌가요. 불신풍조, 제 밥 챙기기가 만연한 사회라는 생각에 씁쓸한 날이었습니다.

다 네 탓이야!

가정법원에서 강의 요청이 왔습니다. 일요일 오전에 세 시간 정도 강의를 해달라는 거였습니다. 대상층은 가정폭력 피해자 부부들. 대개는 남편이 아내에게 폭력을 휘두른 경우라고 했습니다.

세 시간 동안 내리 떠들며 강의만 하는 건 현실적으로 불가능한 일이었습니다. 그래서 한 시간 정도 지체장애인으로서 살아온 내 삶과 우리 부부의 일상을 이야기하고, 나머지 두 시간은 본의 아니게 그 자리에 온 부부들의 이야기를 들어보기로 했습니다.

강의 장소에 가보니 겉보기엔 멀쩡한 부부들이 사이좋게 앉아 있어서 정말 가정 폭력은 평범한 가정에서 벌어지는 우발적 사건임을 다시금 깨닫게 해주었습니다. 누구나 그 자리에 가서 앉을 수 있는 것이니까요.

강의는 순조로웠습니다. 제가 고심해 준비해 간 설문지를 받아들고 각자 열심히 기록을 했습니다. 그런 후 차례대로 자기가 쓴 내용을 발표하는 순서를 가졌습니다.

그런데 그 가운데 한 항목이 문제였습니다.

'만일 우리 부부가 이혼을 하게 된다면 나의 어떤 점 때문에 그렇게 될 것인가?' 라는 항목이었습니다.

"저희 집사람의 남편을 믿어주지 않는 의부증 때문에 우리는 이혼을 할 겁니다."

"우리 남편은요, 절대 자기 잘못을 인정하지 않아요. 그것 때문에 우리는 갈라지더라도 갈라질 거예요."

"아니, 뭐야? 내가 뭘 인정 안 했어?"

"그럼 아니란 말예요? 아니 땐 굴뚝에 연기가 나?"

부부마다 이런 식으로 가시 돋친 말을 하며 또 다른 부부 싸움을 연출하고 있었습니다. 나름대로 고등 교육을 받은 부부들일텐데 어찌 된 영문인지 쉬운 문항을 제대로 해독하지 않고, 상대방의 잘못과 흠 때문에 이혼할 거라고 난리였습니다. 분위기가 일촉즉발로 험악해질 수밖에 없었습니다.

236

문항의 의도는 자신을 반성하고 많은 사람 앞에서 문제를 스스로 직시하게 하려는 것이었는데, 오히려 배우자의 잘못을 드러내는 성토장이 되고 말았습니다.

그날 강의를 마치고 돌아오면서 저는 아주 단순하지만 실천하기 어려운 진리 하나를 되새겼습니다.

셰익스피어 선생의 표현을 빌리자면 '내 탓이냐 네 탓이냐, 그것이 문제로다' 였던 것입니다.

정작 그날 강의를 통해 인생의 진리를 하나 새로 배운 건 오히려 저였습니다.

도서관의
작은 사랑

옛날 제가 대학 다니던 시절의 이야기입니다.

저는 그때 대학원 입시를 준비하느라고 밤늦게까지 학교 도서관에서 공부를 하고 있었습니다. 시간이 늦어지자 사람들은 하나씩 둘씩 자리를 정리하고 가방을 싸 집으로 가기 시작했습니다.

영하의 날씨로 인한 찬 기운이 도서관 문이 열릴 때마다 들이쳤습니다. 도서관 안의 석유난로는 그래도 열심히 뜨거운 열기를 뿜어대고 있었습니다.

한참 공부에 몰두하던 저는 그때 고개를 들고 아주 아름다운 광경을 보았습니다. 한 쌍의 남학생과 여학생이 같이 공부를 하다 자리에서 일어나 집에 갈 준비를 하는 것이었습니다. 제가 보기에 두 사람은 서로 사랑하는 연인인 듯했습니다.

가방을 다 싸자 남학생은 화장실에 다녀오려는지 여학생을 놔두고 밖으로 잠시 나갔습니다. 그러나 여학생은 잠자코 남학생이 의자 뒤에 걸쳐 두었던 외투를 들고 난롯가로 갔습니다. 그러고는 그 외투의 안쪽 면을 난로 쪽에 쬐고 있었습니다. 잠시 뒤 남학생이 화장실에서 돌아오자 여학생은 미소지으면서 따뜻해진 외투를 입혀주는 것이었습니다.

저는 지금도 차가운 겨울바람이 불어오면 두 사람의 아름다운 모습을 떠올립니다. 그것은 바로 사랑의 아름다움입니다. 백 마디 말로 사랑한다고 말하는 것보다 외투를 따뜻하게 입을 수 있도록 세심한 곳에까지 마음 쓰는 그 정성, 그것이 바로 사랑의 실천인 것이지요.

부모님께 효도하겠다고 말로 떠들고 큰돈 벌어 효도관광 시켜드리겠다는 호언보다 당장 따뜻한 양말이라도 한 켤레 사다 드리는 것이 효도입니다. 자식에게 부모가 사랑한다고 백 마디 떠드는 것보다 따뜻하게 한 번 안아주는 것이 진정한 사랑일 것입니다.

이 세상 어딘가에는 사랑에 굶주린 많은 사람들이 추위에 떨고 있을 겁니다. 진정한 사랑은 바로 외투를 데워서 사랑하는 이에게 입혀주듯 작은 실천에서 느껴지고 빛나는 것이겠지요.

사랑이 우스갠가요

　웃기는 이야기를 하나 하겠습니다. 저는 대학에서 학생들과 강의를 통해 늘 만나기에 그들의 세상 돌아가는 흐름을 어느 정도 익히고 있습니다. 그들은 소위 말하는 신세대들인데 그들의 이야기를 듣다 보면 이 세대를 이해할 수 있기 때문입니다.

　그 중 하나 남녀에 관한 이야기를 듣고 저는 고소를 금할 수 없었습니다. 한 연인이 길거리를 가는 것을 보았습니다. 그런데 그 두 남녀가 둘 다 잘 생기고 예쁘면 환상적이라고 한답니다. 그러면 남자가 못생기고 여자가 예쁠 경우는 뭐라고 할까요? 그럴 경우에는 남자가 능력이 있나보다 라고 말한답니다. 반대로 여자가 못생기고 남자가 잘생겼을 경우는 여자가 돈이 많나보다 라고 말한답니다. 그래서 저는 학생들에게 물었습니다.

"남자도 못생기고 여자도 못생기면?"

그러자 아이들이 웃으며 말했습니다.

"그럴 땐 이렇게 말하죠. 저 두 사람 정말 사랑하나봐. 깔깔깔!"

저는 그 말을 듣고 뭔가 씁쓸한 뒷맛을 느꼈습니다. 학생의 이야기가 재미있으면서도 그 재미가 어디에서 오는 것인가를 생각해보게 됐기 때문입니다.

그런 류의 우스개 이야기들은 끊임없이 세태에 맞춰 확대 재생산됩니다. 그리고 이 세태의 맹점을 적나라하게 꼬집기에 사람들에게 촌철살인의 웃음을 줍니다.

저는 이 이야기에서 요즘 세태의 가치 기준이 무엇인가를 봅니다. 우선 외모가 잘난 사람끼리 만나면 환상적이라고 칭찬을 아끼지 않습니다. 외모보다 더 중요한 그들의 인간성이나 세계관, 성격은 알 바 아닌 것입니다. 그 다음으로 외모가 모자랄 경우 거론되는 것이 돈과 능력입니다. 외모가 모자라는 중요한 결점을 그런 것들이 벌충해준다는 것이지요. 그리고 나서 외모가 모자라고 돈과 능력도 없을 경우에야 혹시나 그 둘이 사랑하나보다 라고 얘기하는 것입니다.

사랑은 이제 그런 우스개에서도 최하위 경우에 속하고 만 것입니다. 사랑은 아랑곳할 가치가 더 이상 아닌 것입니다. 어쩌다 젊은 신세대들이 이렇게 기성세대와 자기 자신들을 조소하게 되었을까요? 이 세상엔 사랑을 부르짖는 사람들이 어느 시대보다도 많은데 말입니다.

사랑은 그런 것이 아니지요. 조건이나 돈으로 이루어지는 이 세상의 모든 가치 기준으로도 잴 수 없는 그 무엇입니다. 어쩌면 젊은이들은 이런 우스개를 통해 사랑을 우습게 여기는 세태를 비판하는 것인지도 모릅니다.

남녀가 지나가면 그들의 외모나 능력, 돈보다는 그들의 사랑을 먼저 봐주고 그들의 사랑을 인정해주는 자세가 필요합니다. 연인의 사랑에서 우리 인간의 사랑은 시작되니까요. 그들이 사랑으로 결혼해서 사랑으로 자식을 낳아 기름으로써 이 세상에 사랑이 가득 차는 것인데 그들의 사랑이 시작부터 돈과 능력으로 왜곡된다면 그것은 슬픈 일입니다.

진정한 사랑의 가치가 우선되는 시기가 빨리 와야 우리 사회와 우리들의 인간성도 회복될 것이라고 생각합니다.

242

정직함으로
얻는 것

캘리포니아 주 북쪽 해안은 청정 지역입니다.

거대한 태평양과 맞닿은 바다는 보고만 있어도 아무 생각이 없어지면서 태고의 신비가 스며드는 느낌입니다. 그러나 이런 바다에도 인간들은 있습니다. 스킨스쿠버 다이버들이 바다에 들어가 해산물도 잡고 아름다운 풍경도 감상합니다.

이곳에 다이빙을 하러 온 한국인 샨은 물 속에 어른 손바닥 두 개만한 커다란 전복이 지천으로 널려 있음을 알고 있습니다. 해병대 출신인 그는 미국으로 이민 온 삶의 고단함을 이곳 해안에서 다이빙을 하고 전복을 잡는 걸로 풀곤 했습니다. 전복들은 가족들과 형제, 자매들에게 하나씩 선물로 전달했습니다.

그날도 샨은 아이스박스 한가득 커다란 전복을 잡았습니다. 모든 채집이나 사냥은 사람들에게 흡족함을 주는 법입니다. 원초적 본능이 그렇게 만드는 것 같습니다. 해질 무렵, 물가로 나온 샨은 귀갓길에 올라 차를 타고 바닷가를 벗어났습니다.

하지만 그는 까맣게 몰랐습니다. 바다를 감시하는 레인저들이 자신을 아까부터 지켜보고 있다는 것을. 그들은 멀리 숲 속에서 망원경으로 다이빙하는 사람들의 행동을 관찰하며 기록하고 있었습니다. 그 중에서 그들이 가장 눈여겨보는 것은 전복을 잡는 행위였습니다. 법적으로 일정량 이상의 전복을 잡는 게 금지되었기 때문입니다.

모든 게 지나치면 부족함만 못한 법입니다. 전복의 남획을 막지 않으면 바다는 인간들 등쌀에 견디지 못하고 순식간에 황폐해지기 때문입니다.

샨이 고속도로로 진입할 무렵, 레인저들이 샨의 차를 세웠습니다. 샨이 갓길로 차를 세우자 레인저가 다가와 물었습니다.

"스킨스쿠버 마치고 가는 길입니까? 전복 잡으셨죠? 몇 마리 잡았습니까?"

샨은 갈등할 수밖에 없었습니다. 대개 미국 사회에서는 사람들을 믿기 때문에 확실한 증거가 없이 거짓말을 해도 추궁하지 않습니다. 물론 한번 거짓말을 했다가 들통나면 그건 더 큰 문제가 되곤 합니다. 하지만 정직한 성품을 가진 그는 쉽게 거짓말을 할 수가 없었습니다. 양심껏 대답하고 말았습니다.

"좀 많이 잡았소. 아이스박스로 하나!"

레인저들은 아이스박스를 열어 본 뒤, 수십 마리의 전복이 있는 것을 보고 그를 그 자리에서 체포했습니다. 법에서 정한 건 한 사람당 한 마리였기 때문입니다.

"원래 스킨스쿠버 장비도 다 압수하게 되어 있는데, 당신이 정직하게 말했기 때문에 전복만 몰수하고 재판에 회부될 거요."

샨은 지방법원에서 판사에게 벌금형을 선고받았습니다.

살다 보면 가끔 우리는 진실과 거짓 사이에서 갈등을 일으키게 됩니다. 깊이 생각해보면 거짓말을 할 수밖에 없는 상황은 다 자신이 만든 것입니다. 내 안에 있는 욕심이 무리함을 불러일으키게 되고, 그럼으로써 난처한 지경에 처하면 급한 대로 거짓말로 모면하려는 겁니다.

누구나 완벽하게 정직하진 못합니다. 크고 작은 거짓말을 해보지 않은 사람은 없을 것입니다.

중학교 때 한문 선생님은 아주 후덕한 분이셨습니다. 연구부장이라 수업을 맡을 일은 없었지만, 가끔 한두 과목을 배정받으셨는데 그 학기에는 반에 들어오셨습니다. 어느 날 선생님이 숙제를 내셨는데 숙제 안 해온 아이들이 십여 명 가까이 되었습니다. 한 녀석씩 불러내 왜 숙제를 안 했느냐고 물었습니다. 아이들은 대부분 거짓말로 둘러댔습니다. 친척집에 갔어요, 제사가 있었어요, 아팠어요, 깜빡 잊고 노트를 안 가져 왔어요…….

그 때, 마지막 순서에 서 있던 녀석은 똑같은 질문에 이렇게 대답했습니다.

"죄송합니다. 게을러서 못했습니다."

우리들은 그 녀석이 곧 선생님에게 치도곤을 당할 거라고 생각했습니다. 그런데 선생님은 감동한 얼굴로 말하는 것이 아닙니까.

"이렇게 정직한 대답을 들을 줄은 몰랐다."

그 때 제 가슴속에는 잔잔한 감동이 일었습니다. 당장을 모면하기 위해 거짓말을 하면 순간은 편안할지 모르나 자신을 속였다는 사실만은 영원히 지워지지 않습니다. 정직함은 자신에게 떳떳해짐과 같습니다. 당장은 고통스럽더라도, 정직함을 통해 스스로 마음을 비우고 궁극적으로는 나의 있는 그대로를 보여줌으로써 나중엔 오히려 강해지는 것이었습니다.

책 〈표해록〉을 보면, 최부라는 조선의 선비가 제주도에서 고향으로 돌아가려다 난파해서 중국까지 흘러간 이야기가 나옵니다.

날이 흐리고 어두컴컴했습니다. 서쪽으로 잇닿아 겹친 산봉우리가 하늘을 버티고 바다를 둘러쌌는데 살림집이 있는 듯했습니다. 산 위에 봉수대가 죽 늘어서 있는 모습이 보이니, 기쁘게도 다시 중국 땅에 도착한 것이었습니다. 배 여섯 척이 우리 배를 빙 둘러쌌습니다. 정보 등이 신에게 청했습니다.

"전날 하산에 이르렀을 때 벼슬아치의 위엄을 보이지 않았기 때문에, 해적을 불러들여 죽을 뻔했습니다. 이런 상황에서는 임기응변의 수단을 택해야 할 것입니다. 저들이 보도록 관복과 관모를 갖춰 주십시오."

신은 이를 거절하였습니다.

"상복을 벗고 평상복을 입는 것은 효가 아니고, 거짓으로 남을 속이는 것은 신의가 아니다. 차라리 죽음에 이를지언정 효와 신의가 아닌 일은 차마 할 수가 없다. 나는 운명을 받아들이겠다."

안의가 다가와 청했습니다.

"제가 일단 이 관복을 입어 벼슬아치처럼 보이겠습니다."

그것도 거절했습니다.

"안 된다. 만약 저들이 우리를 관청으로 데려가 공술서를 받게 한다면 무슨 말로 답변하겠는가? 조금이라도 정직하지 못하면 저들은 반드시 의심할 것이다. 정도를 지키는 것이 최선이야."

최부는 중국이라는 낯선 땅에 흘러갔지만, 자신이 상중(喪中)이기 때문에 관복을 입어서 위엄을 떨치는 것이 거짓임을 알고 있었습니다. 할 수 없이 있는 모습 그대로 중국 관원들을 만난 일행은 왜구로 오인을 받기도 했습니다. 그래서 중국 사람들에게 억울하게 매를 맞기도 하고 죽을 뻔한 걸 간신히 도망쳐 나왔습니다.

하지만 그는 이토록 자신에게 숨기는 바가 없었기에 중국인들을 만나도 떳떳하고 당당했습니다. 그의 이런 올곧은 정직함은 중국 사람들도 감탄케 하는 것이었습니다. 다른 나라에 표류해 갔으면 대개는 살기 위해 거짓말을 하게 됩니다.

그러나 최부는 역으로 자기 자신을 속이지 않는 길을 택함으로써 목숨을 건졌습니다. 그리고는 길고 긴 중국 땅을 에돌아 고국으로 다시 돌아올 수 있었고, 중국 황제에게서 많은 선물도 받아왔습니다. 그리고 이렇게 글로써 자신의 경험을 남겼으니 정직함의 대가는 훗날 오래도록 기억되었습니다.

정직은 분명 지키기 힘든 덕목입니다.

자신을 지키기 위해 거짓말도 불사하는 것이 인간의 본능이기 때문입니다. 하지만 조금만 깊이 생각해보면, 정직함으로써 오히려 선처를 구하고 결과를 더 좋게 만들 수 있습니다. 앞에서 예로 든 이야기에서처럼, 샨은 비록 벌금형은 받았지만 수천 달러나 하는 잠수장비를 건질 수 있었습니다.

　참, 샨은 바로 제 아내의 오빠, 그러니까 저의 하나밖에 없는 큰 처남입니다. 정직함의 대가인지는 알 수 없으나, 손바닥 두 개만한 크기의 커다란 전복을 생전 처음 맛본 것은 처남 덕분이었습니다.

담장을 수리하며
깨닫다

대학생 아들이 방학이 끝나기 전에 제 시골 작업실에 한번 가보고 싶다고 했습니다. 말이 좋아 작업실이지 사실은 가평에 있는 작은 농가입니다.

그 집을 장만한 것은 지금으로부터 13년 전 봄, 지금은 중학생이 된 막내를 임신했을 때였습니다. 아내는 물 좋고 공기 좋은 시골집을 장만해 거기에서 주말이면 텃밭도 가꾸고, 아이들을 전원에 풀어놓아(?) 건강하게 키우고 싶다는 소망을 가졌습니다.

저 역시 전적으로 동의하였고, 우리 부부는 1년 가까이 경기도 일대를 돌아다녔습니다. 때마침 전원주택 붐이 일어, 녹록하게 살만한 적당한 집을 구하는 것은 하늘의 별을 따는 것보다도 어려웠습니다.

그래도 집은 다 자신에게 맞는 임자가 있는 법, 운명의 집을 우리는 찾아냈습니다. 가평군 설악면의 아담한 농가주택을 구할 수 있었습니다. 그 집에서 우리는 수없이 많은 추억을 만들었습니다. 도시에서 나고 자란 우리 부부와 1남2녀의 아이들은 주말만 되면 짐을 싸들고 가평으로 내달렸습니다. 교통도 좋지 않고, 길도 좁았던 시절에 두 시간씩 교통체증을 이겨내면서까지 달려갔습니다. 그곳에서 우리는 고추도 심었고, 여름이면 반딧불이가 날아다니는 맑은 시냇물에서 미역도 감았습니다. 우리 아이들이 가진 전원의 추억은 모두 그 집에서 만들어졌습니다.

그때 물고기를 잡으러 시냇물로 들어갔던 아들은 이제 성인이 되었습니다. 그런 아들이 모처럼 겨울인데 한번 작업실을 가보자고 하는 것이 아닙니까. 사실 겨울이 되면 너무 추운 집이라 찾아가서 제대로 머물기가 힘듭니다. 결과적으로 하절기에만 이용하는 셈인데 그나마도 아이들이 다 성장해서 별장지기 노릇을 관둔지도 오래 되었습니다.

제가 운전하는 차 뒷자석에서 곯아떨어졌던 아들이 이제는 스스로 차를 운전했습니다. 차는 새로 난 고속도로를 달렸습니다. 아들도 격세지감을 느끼는 듯했습니다. 비좁게 왕복 2차선 국도로 가야만 했던 길이 왕복 4차선의 고속도로로 바뀌어, 두 시간씩 걸리던 짜증스러운 먼 거리가 30분 만에 갈 수 있는 가까운 곳이 되었기 때문입니다.

봄기운 움트는 도로에서는 구제역을 막기 위해 외부인의 출입을 금지하고 있었습니다. 몇 달 만에 와본 작업실이 주는 반가운 감정이 사라지기도 전에 우리는 담장 한쪽 구석이 무너진 것을 보고 놀랐습니다. 아내와 함께 처음 그 집을 샀을 때 낡은 담을 수리하며 죽데기(나무를 켜고 남은 널조각)를 붙여서 만들어 놓았던 담장이 13~14년 만에 바람에 넘어간 거였습니다.

살펴보니 담장을 가로질렀던 버팀목이 비바람에 썩어서 힘을 받지 못했습니다. 봄이 곧 코앞에 다가왔는데도 찬바람은 싸늘했고, 산골 아니랄까봐 하늘에서는 눈발까지 흩날리고 있었습니다. 잠깐 둘러보고 다른 곳으로 가려던 원래 계획을 급히 수정하지 않을 수 없었습니다.

무너진 담장을 그대로 두고 올 수는 없었기에 아들과 저는 급히 담장을 수리하기로 계획을 세웠습니다. 그전까지는 제가 주도해서 집을 수리하고 손봤지만 이번 공사는 전적으로 아들에게 맡겼습니다. 시골 사람들은 이웃집을 내다보지 않는 것 같아도 꼼꼼히 살피며 신경을 씁니다. 그분들에게 집도 관리하지 않는다고 손가락질 당할 수는 없었습니다.

아들과 저는 의논 끝에 읍내의 목재소로 가서 자재를 구했습니다. 굵은 각목 두 개를 사 자동차 지붕에 얹어 묶은 뒤, 집으로 돌아와 담장 수리에 들어갔습니다. 이미 창고에는 쓰다 남은 폐자재가 많이 있어 무너진 담장에 미음(ㅁ)자로 틀을 만들어 고정시켰습니다. 그리고 가운데에 짧은 나무를 하나 더 받치자 옆으로 눕힌 날일(日)자 모양의 튼튼한 프레임이 되었습니다.

아들이 입김을 뿜으며 톱으로 목재를 썰고, 망치질을 하며 건장하게 힘쓰는 것을 저는 흐뭇하게 지켜보았습니다. 이렇게 담장을 수리해 놓으면 이번 봄과 여름에 다시 와서 햇살 아래에서 전원생활을 만끽하는 데 아무 지장이 없을 것입니다. 틀이 완성되자 기존의 무너진 담장에 붙어 있던 죽데기를 떼어서 옮겨 붙이는 작업만 남았습니다. 튼튼한 틀에 죽데기만 다시 박으면 앞으로 10년이상 까딱없이 담장 노릇을 할 것 같았습니다.

그러나 난관은 어디에나 있는 법입니다. 못으로 틀에 널판을 박으려 하자 오랜 세월 바깥에서 비바람을 맞은 죽데기는 못이 들어

가지 않을 정도로 딱딱해져 있었습니다. 아마도 죽데기의 수종은 외국에서 수입한 미송이거나 참나무인 것 같았습니다. 못이 들어가지 않을 정도로 강한 죽데기 앞에서 난감해 하고 있을 때 눈발은 점점 굵어지고 꽃샘추위는 기승을 부려 팔다리가 시려 왔습니다. 해지기 전에 빨리 서울로 돌아가야 한다는 급한 마음에 우리는 아이디어를 냈습니다. 그것은 기존에 박혀 있던 못을 뽑아내고 그 구멍에 새 못을 대고 박아 죽데기를 붙이는 방법이었습니다.

이미 난 구멍을 재활용(?)하면서 못을 박자 작업은 순조롭게 진행되었습니다. 사람 하는 일이 늘 그렇듯 약간의 난관은 있는 법이었지만 죽데기들을 자르고 붙이고 재활용하다 보니 결국은 두어 시간 만에 말끔하게 담장이 보수되었습니다. 틈새를 촘촘하게 붙이지 못한 건 죽데기 몇 개가 재활용이 불가능해서 개수가 모자랐기 때문입니다. 다가오는 봄에 날씨가 조금 더 따뜻해지면 추가로 보수를 하기로 했습니다. 쓰던 죽데기를 다시 사용하긴 했지만 뒤에서 담장을 받쳐주고 있는 틀은 온전한 새것이어서 든든하기 이를 데 없었습니다.

시골마을의 다 쓰러져 가는 낡은 집이라 보안이 걱정될 일도 없었지만, 우리는 그렇게 시골집에서 겨우내 망가진 담장을 수리하

며 봄을 준비했습니다. 도구를 정리하고 엉성하게나마 마무리된 담장을 살펴보며 아들과 저는 흐뭇해했습니다. 아들도 역시 자신의 어린 시절 추억이 담겨 있던 집을 어른이 되어 손보자 뿌듯한 느낌인 듯했습니다.

새로운 담장은 사실 온전한 새 담장은 아닙니다. 낡은 죽데기를 재활용하여 있던 자리에서 그 모습 그대로 다시 태어났습니다. 물론 좀 더 튼튼해지기는 했지만요.

새 봄이 되면 모든 사람들은 이처럼 새로운 변화를 접하게 됩니다. 새 부서에서 일을 하기도 하고, 진학을 하기도 하며, 한 학년씩 올라가 새 교실에서 새 친구를 맞이하기도 합니다.

진정한 새해는 어쩌면 3월부터 시작인지도 모릅니다. 봄이 와서 만물이 생동하는 이때야말로 새로운 삶을 시작하는 시기여서, 초기의 로마 달력에서는 3월이 새해의 시작이었습니다. 이걸 바꾼 사람이 폼필리우스와 카이사르였는데 3월 1일을 1월 1일로 당겼을 뿐입니다. 연말이었던 2월은 28일이나 29일로 그때그때 시차를 맞추기 위해 우수리 취급을 받았던 것입니다.

그러나 새로운 출발이라지만 어찌 온전한 새로움만 있겠습니까. 기존의 것을 완전히 버리고 새로운 것으로만 꾸며진 출발이란 사실상 불가능합니다.

낡은 죽데기와 새로운 각목의 결합을 통해 새봄을 맞이하는 저의 시골집 담장처럼, 우리의 삶도 갖고 있던 경험과 지식과 노하우에 새로운 각오와 결의를 덧대어 출발선에 서서 달려 나가는 것이 아닐는지요. 옛것을 익히고 그로 미루어 새것을 안다는 '온고지신'이라는 말도 그래서 나왔을 겁니다.

지금까지 해오던 것, 지켜온 것에서 한발 더 나아가는 새 출발이 진정한 새 출발이 아닌가 싶습니다.

올 겨울에는 서울의 번잡함에서 벗어나, 아들이 튼튼하게 만들어 놓은 담장이 찬바람을 막아주는 시골 작업실에서 멋진 작품 한 편을 써 봐야겠습니다.

꽃보다 아름다운 당신을 봅니다

초판 1쇄 인쇄 2015년 8월 14일
초판 1쇄 발행 2015년 8월 21일

글 ┃ 고정욱

편집교정 ┃ 신옥희
디자인 ┃ 이미경

펴낸이 ┃ 문제훈
펴낸곳 ┃ 여름숲

출판등록 제2005-000264호
주소 서울시 양화로 8길 15(서교동), 301호
전화 337-9364 팩스 337-9359
이메일 m-jehun@hanmail.net

ISBN 978-89-93066-25-8 03810